ヴィクトリア朝の女性キャリア
Victorian female career

小説家
フランシス・ホジソン・バーネット

川端 有子

玉川大学出版部

ヴィクトリア朝の女性キャリア

小説家　フランシス・ホジソン・バーネット

はじめに

一九世紀末のイギリスとアメリカ両国で、もっとも人気があり、売れていた流行作家フランシス・ホジソン・バーネットは、一五〇年後、自分が三冊の子ども向けの本の作者としてのみ、名前をのこすことになろうとは、思いもよらなかったことであろう。

イギリスに生まれ、アメリカで育ち、その両方を内からも外からも知り抜いて、巧みにそのお国ぶりを使い分け、大西洋両岸の読者の心をわしづかみにしたこの作家は、生涯おとなのための小説を七〇編あまり、『小公女』をはじめとした子どものための小説を四冊とそのほかの短編を書いて、文字どおり自分のペンのみで、その生活を築きあげた。

はじめて雑誌に投稿したのは一八歳のときで、編集者には「私の目的は報酬です」と宣言した、したたかなプロ意識。そののちまるで原稿製造機械のごとく書いて書きつづけ、その原稿は、長すぎるという以外の理由では、一度も断られることがなかったという。ペンで身を立てる女性作家は数多くいたが、ほとんど教育らしい教育は受けず、また知的な環境に生まれ育ったわけでもなくて、ただただあふれるばかりの想像力と創造力を、これほ

『小公女』
A Little Princess. 1905.

どに、次々と紙に記してそれを現金にかえていった女性はほかに見あたらない（図1）。

図1 若いころのフランシス。写真から版画におこされたもの

アメリカの大統領と隣人づきあいをし、イギリスの首相と食事をともにし、ロンドンとワシントンD・C・（以下ワシントン）に豪邸をかまえ、夏には海辺の避暑地ですごし、フランスやイタリアに外遊し、生涯に三三回大西洋をわたるという生活ぶりは、つねに新聞や雑誌に派手に書き立てられた。美しいドレスを愛して身を飾り、ふたりの息子には紳士教育を受けさせようと奔走し、自分が描く物語の主人公さながらに、より高い社会的な身分にのしあがっていくことを夢見ていた。

しかし、自らが描くロマンス小説が、幸せな結婚でおわるのとは裏腹に、現実の伴侶にはあまり恵まれず、若くしてアメリカ人の医者とほとんどせまられるように結婚し、二児をもうけるも疎遠になり、彼との離婚後二年で、一〇歳年下のイギリス人の医者と再婚した。だが結局その結婚も二年しか続かず、彼の暴力から逃げだすようにして、彼女はついにアメリカの国籍を取得しイギリスとは縁を切った。

深く愛した長男を一六歳で失い、埋め合わせをするかのように恵まれない子どもたちのための慈善事業にのめりこんだ。次男をモデルに書いた小説があまり爆発的に売れたため、次男は死ぬまでその作品につきまとわれ、運命を左右された。息子たちへの愛と義務感、母であり妻であることと職業人としてのキャリアの板ばさみになった彼女の苦悩は、たとえ彼女が乳母を雇いコックを使う立場の人間であったとはいえ、現代を生きる我々にも通じるものがある。

　社交好きで明るくウィットにとんだ会話を楽しみ、もてなし好きのホステスであった反面、過労とストレスから頭痛に悩まされ、ときにはひどい抑うつ状態におちいって、何週間もベッドからおきあがれないこともあった。息子を失ったトラウマは癒されることなく、その心を唯一晴らすことができた

図２『秘密の花園』表紙

のは庭作りで、土をいじり、バラを育てて『秘密の花園』（図2）という時代をこえて読み継がれる傑作を著したが、この本の真価が認められるのは死後のことであった。

彼女のおとな向けの著作が忘れ去られ、誰も読まなくなったのは彼女だけのせいではない。文学の評価基準も人の好みも世につれ人につれ、彼女の著作のもっとも優れた点は二〇世紀の文学界ではあまり高くは買われなかった。そのかわり、それは児童文学の世界では引きつづき長所となりつづけたのだ。同じような例は、同時代のほかの女性作家の場合にも見てとることができる。

それにしても、現代でも女性のキャリアを語るときには避けては通れない経済的自立の有無や、結婚、出産と子育ての葛藤、ドメスティック・バイオレンスということばもまだなかった時代にその危機をのりこえ、しかし消費社会のもたらすきりもない誘惑と欲望のいたちごっこに命をすりへらしていくという、きわめて現代的なテーマが、フランシスの人生をすでにいろどっているのが興味深い。彼女はどんな人生を生き、イギリスとアメリカを往復し、子どもとおとなに物語をあたえ、都会に住みながら自然を愛して庭をつくったのだろうか。

一八四九年、産業革命のもと、繁栄を極めたイギリス北部の工業都市、マンチェスターでフランシス・イライザ・ホジソンは生を受けた（図3）。

『秘密の花園』
The Secret Garden. 1911.

図３　『わたしの一番よく知っている子ども』口絵（絵はレジナルド・バーチ）

目次

第1章　マンチェスターの子ども時代

工業都市マンチェスター

マンチェスターは綿工業の町である。蒸気機関が発明されて以来、イギリス北部のランカシャー地方では紡績業が大発展をとげ、世界中にその綿織物を輸出して、中心都市マンチェスターは綿花都市《コトノポリス》とよばれる大工業都市に成長した。フランシスが生まれたのは、この町のなかでも比較的環境に恵まれた住宅街チータムヒルで、父エドウィンは、シャンデリアや階段の手すり、ドアノブなどの金属製品、インテリア用品をあつかう商会を経営しており、まずまずの暮らしぶりであった。マンチェスターでは金をたくわえた富裕な工業資本家が、競ってそういったインテリアに凝った家を建てるので、事業はけっこう繁盛していたのである。ここは大工業都市のいわば光の部分であった（図1）。

フランシスは赤褐色の豊かな巻き毛と青くいきいきした目をもち、背が低いわりに肉づきがよく、活発な少女だったので「ゴムまりさん」とよばれてからかわれた。大きくなってからもどちらかというとぽっちゃりしたほうで、

図1　一九世紀のマンチェスターは紡績業で栄えた。当時の写真

美しいというにはすこし角ばってつきだした額と、鼻筋が通った鋭い顔立ちをもち、見る人に強い印象をあたえた。

ホジソン家にはすでにハーバート・エドウィンとジョン・ジョージというふたりの息子がおり、家事使用人をひとり、乳母をひとり雇っていた。このことからホジソン家の生活水準がわかる。富裕ではないが、ある程度余裕のある中流階級である。父母の代から勤勉に努力を続けてより上の階級を目指し、世間体を守り体面に気を配って、下の階級からの差を保つという、典型的な中間層の暮らしぶりがうかがえる。母イライザは、妻となり母となるようにしつけられて育った女性で、つねに他人に思いやりをもち、レディとしてふるまうことを娘に教えた（図2）。やがて、フランシスのあとイーディス・メアリーという妹も生まれた。

8　The One I Know the Best of All

faded out at all, and I see the mental attitude as definitely as I see the child and the four-post bed with its hangings, I recognize that she was too

young to have had in her vocabulary the *words* to put her thoughts and mental arguments into—and yet they were there, as thoughts and mental

図2　幼いフランシス（『わたしの一番よく知っている子ども』より。絵はレジナルド・バーチ）

父の死とマンチェスターの不況

しかしフランシスがまだ三歳のとき、突然、父エドウィンは三八歳の若さで発作のため急死してしまう。次の子どもを身ごもっていた母のイライザは、その子も含め、まだ幼い五人の子どもたちを抱えて、まったく収入の道を失ってしまったのであった。父の死後に生まれた末っ子の妹は、父の名前をとってエドウィーナと名付けられた。

家庭をとりしきり子どもを育てることしか学んでこなかった母イライザは、当然のことながら一度も働いたことはないし、自分が稼ぐなどということは想像だにしなかったはずだ。しかしイライザは、それでも、雄々しく夫のあとを引き継ぎ、事業をはじめる。より家賃の安い通りの小さな家に引っ越して、家計を切りつめるも、彼女は優しすぎ、気が弱すぎ、有能なビジネス・ウーマンにはなりきれなかった（図3）。

ホジソン家はそのあと、シードリー・グローブ、続いてサルフォードのイスリントン・スクエアと、イルウェル川の川向こうの貧しく環境の悪い地域に居を移し、転落の一途をたどった。通りのすぐ向こうには紡績工場で働く人々が暮らし、そのまた向こうはさらに貧しい人々が住まうスラム街が続き、ニューベイリー監獄も近かった。家の窓から見えるのは、煤に汚れたスレートの屋根だけで、灰色の町は雨にぬれ、暗く、陰気で寒かった。繁栄を極める工業都市、マンチェスターの陰の部分である。一五歳までにフランシスは大都市の光の部分から陰の部分へと移動し、繁栄の裏表を見ることとなったのだ。すべてがお金のあるなしで決まってしまう世間のなかでの、運命の逆転と突然の転落というのは、彼女の創作の大きなテーマとなる。

運の悪いことに、そのころちょうどマンチェスターの繁栄にも影がさしかかっていた。増産につぐ増産で需要をこえる生産が価格の下落を引きおこしたうえに、アメリカの南北戦争が大きな打撃をもたらした。アメリカ南部の

206 The One I Know the Best of All

book—with all the mistakes in it. You know you always keep making mistakes when you write poetry."

Dear Mamma had never written poetry. It was revealed afterward that "Poor Papa" had done something of the sort before he was married. But never Mamma. And the rest of the children—Aunt Emma's children and Aunt Caroline's and Uncle Charles's—had never shown any tendencies of the kind. And the Square children never did it. I think she was a little alarmed. She may

図3　フランシスの母イライザの姿（『わたしの一番よく知っている子ども』より。絵はレジナルド・バーチ）

農場からの綿花の輸入が途絶えてしまったのである。

一八六〇年代前半、不況と原材料の供給不足のため、マンチェスターの工業生産は見る影もなく衰退していった。この町は綿工業にすべてを依存していたのである。機械はとまり、工場はとざされ、職を失った人々が街にあふれ、かつてはもっとも羽振りのよかった工場労働者たちは一転して貧困の底に落とされた。多くの人々が生活の基盤を失って町を出ていき、コトノポリスをおそったこの不況は、綿花飢饉《コットン・ファミン》とよばれるようになる。このときマンチェスターの産業は、ほぼ半分が壊滅したといわれている。

幼い日の思い出

幼いころからこのように激動の人生に巻きこまれたフランシスであるが、マンチェスターでの幼年時代の思い出に、父の死や母の心労、せまりくる貧困生活の暗さは、ほとんど影を落としていない。彼女が一八九三年に著した『わたしの一番よく知っている子ども』という本は、二〇歳になるまでの思い出を記した自伝であるが、幼い子どもの目から見た世界のありさま、心にのこるエピソード、そしてなによりも夢中で読んだ本のこと、友達にお話を語り、こっけいな詩を書いて母親をおどろかせたことなどを語っている。フランシスはここで幼い自分自身を「小さな人」として三人称で描き、語り部

『わたしの一番よく知っている子ども』
The One I Knew the Best of All. 1893.

として運命づけられた自らの原点を記した。もっともこの作品は作家として名を成してから、いまある自分を説明するために創造されたフィクションであると考えることもでき、フランシスがあえてここで描きださなかった事実というのも重要である。また、この作品は幼い日々を追想する作者の姿勢のあまったるさにかなり酷評もされた（図4）。

図4　子どものころから大の読書好きだったフランシス（『わたしの一番よく知っている子ども』より。絵はレジナルド・バーチ）

物語の日々

フランシスが最初に手にした本は、祖母から贈られた『花のアルファベット』だった。ABCを花の名前で学んでいく文字の本である。読むことを覚えた彼女は、手近にある本をなんでも読もうとしたが、なかでもなによりわくわくと胸おどらせて読みふけったのは、聖書の物語だった。もっとも印象深かったのは、生まれたばかりのイエス・キリストをおそれるあまり、国中の幼子をすべて殺してしまえと命じたヘロデ王の物語である。そこに幼い彼

The Flower Book and Testament 23

old. Possibly this fact was mentioned as notable in connection with the reading, but to her it was a fact notable principally because it was the first

time she remembered hearing that she was any age at all and that birthdays were a feature of human existence.

But though the culminating point of the learn

図5　お人形よりもらった本がうれしかった（『わたしの一番よく知っている子ども』より。絵はレジナルド・バーチ）

女は普遍的な「悪」の存在をかぎとっていたのだ（図5）。

フランシスの父は読書が趣味で詩をつくることもあり、そのころの商人としてはめずらしく家に「図書室」をつくらせていた。そこでフランシスは、**ウォルター・スコット**や**エインズワース**の歴史小説、ロマン派の詩、シェイクスピアの戯曲、**サッカレー**の小説などを読みふけった。**ストウ**の『アンクル・トムの小屋』が大ベストセラーになっていた時期で、これも彼女の愛読書だった。真っ黒な外見から中身の見当もつかなかった**「ブラックウッド・マガジン」**が、ロマンスの宝庫で魅力的な物語がつまっていることを発見し、雑誌小説にも夢中になった。食卓にまで本をもってきて、叱られたこともある。古典的な作品からメイドが愛読する一ペニー雑誌にいたるまで、どんな本でも見境なしに読みふけるところは、のちの『小公女』の主人公セーラさながらであった。

しかも、ただ読んでいただけではない。その物語を、今度は遊び友達や妹たちに語りきかせるのも得意中の得意であった。やがて既成の物語だけでは飽きたらず、自ら創作した物語を、とりまく聞き手たちに語ってきかせるようになる。フランシスの好みは、悲劇的な運命のヒロインが波乱万丈の一生を送りドラマティックな恋愛をするとか、ちょっとした誤解で長い遠回りをした恋人たちが仲直りをして幸せに結婚するといったような、当時の雑誌によく掲載されていた類のロマンス小説だった。ヒロインは「つややかな金髪

ウォルター・スコット
Sir Walter Scott
一七七一―一八三二。スコットランドの詩人・小説家。『ロブ・ロイ』（一八一七）、『アイヴァンホー』（一八一九）などの歴史小説が愛読された。

エインズワース
William Harrison Ainsworth
一八〇五―一八八二。『ロンドン塔』（一八四〇）、『ウィンザー城』（一八四三）などの歴史小説で知られた。

サッカレー
William Makepeace Thackeray
一八一一―一八六三。インドのカルカッタ出身のイギリスの作家。『虚栄の市』（一八四七―四八）、『ヘンリー・エズモンド』（一八五二）などが知られる。

ストウ
Harriet Elizabeth Beecher Stowe
一八一一―一八九六。アメリカの女性作家。奴隷制廃止に尽力し、『アンクル・トムの小屋』（一八五一）、『ドレッド』（一八五六）などの小説を著した。

の豊かな巻き毛」、「すみれ色の澄んだ瞳」、「暁のようなばら色の頬」、「透きとおるような象牙の肌」「すんなりした小さな手足」といった決まり文句で描写され、名前もレディ・アドルフィシーナ、ミリセント、セレステといったような、豪華で響きのいい「貴族的な」ものがよかった。

　長い物語のときは、聞き手の子どもたちは毎日すこしずつ、先の展開を楽しみに耳をかたむけるのだった。このような体験は、そのまま雑誌の連載小説を書く下地になっていったことだろう。紙に物語を書きつけておければよかったが、紙はたいそう貴重なものだった。フランシスは、使い古しの帳簿やいらなくなったレシピなどをもらい、空白部分に思いつきを書きとめておいた。多くは結末のないアイディアのみで、フランシスは完成した物語を書けないのをくやしく思っていたが、のちになってから、この紙束は物語を生みだすための源泉になったのである（図6）。

「ブラックウッド・マガジン」 *Blackwood's Magazine* は一八一七年から一九八〇にかけて、ブラックウッド社から発行されていた雑誌で、最初は『エジンバラ・マンスリー・マガジン』としてはじまった。英米の著名な作家の作品を掲載したことで有名で、シェリー、コールリッジ、ディケンズ、ブロンテ姉妹、エドガー・アラン・ポーなどが詩や小説を寄稿した。

202 *The One I Knew the Best of All*

and unpleasantnesses. He seemed a very hapless gentleman, indeed, and his situation was such that one did not wonder that the winds in the first verse "seemed to moan" at him, even though they intended it for another gentleman.

She finished the last verse in a burst of ecstatic

図6　ペンをとるフランシス（『わたしの一番よく知っている子ども』より。絵はレジナルド・バーチ）

学校教育

フランシスが通った学校は、読み書き程度の知識がある女性が、暇な時間に少数の子どもたちを教える、いわゆるおばさん学校《デイム・スクール》とよばれるものである。イギリスではまだ小学校が義務教育化されておらず、裕福な階級は家庭教師を雇い子どもたちの初等教育をまかせていたが、ホジソン家のすぐ近くには、父親が破産して自活せざるを得なくなったハーグ家のふたり姉妹が経営する学校があり、フランシスは妹のイーディスとここに通っていた。ふたりにとっては立派なおとなに見えたが、ハーグ姉妹はまだ二〇代前半であり、学校といっても非常に小さな私塾的なものだった。

ホジソン家がイスリントンに引っ越してから、フランシスたちが通うことになったのも、家族経営の私塾であった。校長のヘンリー・ハッドフィールドが絵を教え、一九歳を筆頭に彼の三人の娘が読み書き算数とダンス、縫物、音楽を教えていた。ホジソン家の子どもたち以外に生徒は六人だったということから、この学校の規模もうかがえる。ハッドフィールド家の末娘アニーがフランシスの親友であったため、教師一家と家族同様のつきあいをすることができ、そのおかげで、フランシスは自分の家庭より優れた文化的教養にふれることができた。そしてハッドフィールド家とは、このあとも一生にわたってつきあいが続くことになる。ヘンリー校長の思い出のなかでも、フランシスはお話を自在に語ることで級友に人気の明るい少女だったという。『小公女』のミンチン女学院でのセーラ・クルーを思わせるエピソードである。

フランシスがマンチェスターをあとにする一年まえ、ハッドフィールド家はストロベリー・ヒルズに引っ越しをしてしまい、彼女の学校教育はそこで終了した。

しかし、マンチェスター時代の彼女には、先生や学校以上に大きな影響をあたえた人物がいた。それは近所に引っ越してきたある一家の、二〇代の三人兄弟のひとりだった。家族ぐるみで仲良くなったホジソン家の三人姉妹は、それぞれの青年の「お気に入り」になっていた。フランシスをかわいがってくれたのは二〇代後半の青年で、彼女が息を切らせて雑誌で読んだ小説の話をしたり、自分がつくったお話を語ったりするのをおもしろがってきいてくれた。だが彼は、フランシスの妹や友達のように、彼女の創作をほめちぎってくれるわけではなく、ときには非常にクールな指摘で弱点をつき、恥じいらせるのだった。彼は一ペニー雑誌にのっている**安っぽい煽情的な物語**に夢中になるフランシスに忠告し、もっと読みごたえのあるいい本をすすめてくれた。読みおわった本について、ふたりは真剣に話しあった。

ほかの人々とちがって批判的な彼の態度に腹を立てることもあり、フラン

安っぽい煽情的な物語
Penny dreadful は一ペニーで買える安価で粗悪な雑誌で、ヴィクトリア朝のイギリスでは下層階級のあいだで非常に人気があった。内容は残虐な犯罪や安っぽい恋愛を描き、煽情的であることから悪書あつかいされていた。

シスは彼のことを「敵」とよんでいたが、彼女の濫読《らんどく》とロマンスへの耽溺《たんでき》をいましめ、文学の世界に導いてくれたこの人物は、彼女にとって最初の真の導師であったにちがいない。五、六年にわたるつきあいのあと、フランシスがアメリカに移住することになり、ふたりの友情はとだえてしまったが、彼女はその人の名前を明かすことなく、「私にいちばん影響をあたえた人」として、エッセイのなかで言及している（図7）。

図7　アメリカ行きでお別れしなければならなかった「敵」さん（『わたしの一番よく知っている子ども』より。絵はレジナルド・バーチ）

ごっこ遊びと想像力

ドラマティックでロマンティック、というのはフランシスの小説の大きな特徴であるが、子どものころから彼女はそれが大好きだった。というより自らの生活をも、そう変えてしまう想像力の持ち主だった。人形相手のごっこ遊びというのはどんな子どもでもやることではあるが、フランシスの場合はいっぷう変わった特徴があった。彼女のごっこ遊びでは、つねにヒロインをつとめるのが人形で、彼女自身はヒーロー、悪漢、嘆き悲しむ乙女、慈悲深い老人、廷臣、探検家、王さまなどそのほかのキャラクター全部を引き受けるのである。

ごっこ遊びをしているときの会話がほかの人にきかれると、「ひとりごとやさん」と笑われたうえ、とくに兄たちはフランシスをばかにした。彼女が

Literature and the Doll 55

At the end of the entrance hall of the house in which she lived was a tall stand for a candelabra. It was of worked iron and its standard was ornamented with certain decorative supports to the upper part. What were the emotions of the Small Person's Mamma, who was the gentlest and kindest of her sex, on coming upon her offspring one day, on descending the staircase, to find her apparently furious with insensate rage, muttering to herself as she brutally lashed, with

図8　黒人人形を鞭打っているフランシス（『わたしの一番よく知っている子ども』より。絵はレジナルド・バーチ）

こっそりと書きためているお話のアイディアについても、兄たちは容赦なくからかった。ついに彼女がその「ロマンティックなたわごと」でお金を稼ぐことになるまで、彼らはフランシスの才能を認めようとはしなかったのだ。

母ですら、フランシスの想像力にはときに危惧を覚えた。古い教育を受けた母は、そもそも芝居や小説といった娯楽にたいして罪悪感をいだいていたし、物語といえば「ためになるお話」にしか価値を見いださなかった。詩を書くとか、物語をつくるとか、そういった想像力や創造性とは無縁の人だったのである。

あるとき、母はフランシスが怒りくるって鞭をふるい、階段の柱にくくりつけた黒人の人形を容赦なく打ちすえているところに出くわして、びっくり仰天した（図8）。いったいなにをしているのかとの質問に、見ている人がいるとは思わなかったフランシスは、ふいをつかれ「ごっこ遊びをしているだけ」だと弁明した。じつは彼女は大好きなストウの『アンクル・トムの小屋』（図9）を演じているところだったのだ。そのとき、人形はあわれなアンクル・トムで、彼女自身は冷酷無情なリグリーだったのである。彼女は完全に小説のなかに没頭し、邪悪な奴隷使いになりきっていたのだ。

ストウの小説を愛読したフランシスは、アメリカ南部の世界を想像し、白いマグノリアが咲きにおい、ポーチのあるお屋敷に美しく上品で優しい白人たちが住み、従順で満足した黒人の召使がつかえているというイメージをいだいていた。黒人を虐げているのはリグリーのような一部の悪者だけで、白人の主人が善人であればみんなが幸せになれるのだと。南北戦争後のテネシーの地に足をふみいれたあとも、彼女はそのイメージをいだきつづけてい

図9　『アンクル・トムの小屋』は当時イギリスにおいても広く読まれたベストセラーだった

たし、おそらく一生涯、人種にかんするイメージはそこから変わることがなかった。

労働者階級とランカシャー方言

ホジソン家の子どもたちは、念入りに外の「下品な」人々とつきあわないようしつけられていたが、フランシスが五歳のころ、友達になったエマ・リマーは例外だった。エマの父は農業労働者でブタを飼っており、それ以外に野菜の栽培も手がけていて、庭に出入りもしていたのだ。エマは木綿の服に木靴をはき、ランカシャー訛りでしゃべる少女だったが、お行儀がいい子だというので特別に話をしてもいいといわれていた。彼女に誘われてフランシスは生まれてはじめて「つけ」でという大義名分で、店の売りものである**パーキン**を勝手に食べるという罪を犯してしまい、幼心にひどく呵責を覚えて苦しんだ。これをフランシスは、ヘビがエマという少女の姿で誘惑してきて、自分を世間という知恵に目覚めさせた失楽園のエピソードとして語っている（図10）。

薄汚い服を着て工場の門をくぐる労働者たちとは、しゃべってはいけないと禁じられていた。工員には年端もいかぬ子どもたちもいた。彼らは木靴をはくか、またははだしで、強いランカシャー訛りでしゃべっていたので、ほ

パーキン
イングランド北部でつくられる菓子の一種。オートミールと糖蜜、黒糖を使う黒っぽいケーキで日持ちがする。

The Back Garden of Eden 37
It was doubtless this serene and matter-of-fact unconsciousness of any serious aspect of the matter which had its effect upon the Small Person.
There is no knowing how long the discussion lasted, or in what manner she was finally persuaded by prosaic, practical argument that to make an investment "on trust" was an every-

図10　フランシスとエマ。エマに誘われてパーキンをつけで食べてしまった（『わたしの一番よく知っている子ども』より。絵はレジナルド・バーチ）

とんど意味がわからないくらいだった。しかし、フランシスはそのことばの響きに惹《ひ》かれて耳をかたむけ、知らず知らずに外国語を学ぶようにマスターしていった。この体験のおかげで、彼女は小説に方言をとりいれるのが得意になる。耳がよかったのだろう、のちにアメリカ南部訛り、黒人の訛り、フランス語もイタリア語も使いこなすようになる。

　おとなの労働者たちはパブで飲んだくれ、喧嘩や殴りあいをすることも日常茶飯事だった。父親が妻や娘を殴りつけることもよくあった。そのなかで、とりわけフランシスの記憶に強くのこったのは、ひときわ背が高く堂々とした一六歳くらいの少女だった。ほかの女工たちと同じように木綿の服にごわごわした麻のエプロンをつけ、木靴をはいていたにもかかわらず、彼女の超然としたたたずまいは印象的だった。何度も見かけていたその娘が、ある日ビールに酔っ払った父親にこぶしでおどしつけられ、がみがみと怒鳴られているところをフランシスは目撃したのである。彼女はその光景にふるえあがった。しかしその娘はひとことも口をきかず、態度も変えず、静かに、堂々とおくせず歩き去った。そのあとから父親が悪態をつきながらふらふらとついていくのであった（図11）。

　娘の圧倒的な存在感に打たれたフランシスは、やがて彼女を（女工ではなく炭鉱婦として）主人公に小説を書くことになる。彼女の最初の長編**『ロウリー家の娘』**である。この本で、フランシスは子どものころに覚えたランカ

Islington Square 83

The Small Person had a horrible fear that he would knock her down and kick her, as was the custom of his class. She felt she could not bear it, and had a wild idea of dashing out somewhere for a policeman.

But the girl was different. She looked him straight in the brutal face and went on knitting. Then she turned and walked slowly out of the Square. He walked behind her, threatening her at intervals with his fist and his lifted clog.

図11　毅然として立ち去り、強い印象をのこした女工の姿（『わたしの一番よく知っている子ども』より。絵はレジナルド・バーチ）

『ロウリー家の娘』
That Lass o' Lowrie's. 1877.

シャー方言を駆使し、炭鉱町で働く貧しい人々の生活と、身分ちがいの愛に目覚める女主人公を描き、本格的な小説家としてのデビューを飾ったのだった（図12）。

マンチェスターとの別れ

ついに一八六四年、母のイライザは自らの商才のなさを認め、事業を売り払ってしまった。一家はさらに貧しいゴア・ストリートの小さな家に引っ越しをすることになった。これでホジソン家はすっかり収入の道を絶たれた。イライザの兄ウィリアム・ブーンドから手紙がまいこんだのはそんなときであった。

彼はそのときアメリカのテネシー州ノックスヴィルという町で食料品店を営んでおり、南北戦争のにわか景気で非常に羽振りがよかった。彼は妹イライザに、子どもたちを連れてアメリカに移住してくることをすすめ、男の子たちには職をあっせんしようと申しでた。

ほかにあてがないとはいえ、親戚知人をすべてあとにのこしてイギリスを去るのも、まだ小さい子どもたちを連れてまったく知らない国に兄だけをたよりに移住するのも、かなりの覚悟が必要だった。しかしイライザはアメリカに希望をたくすことにした。家族より一足先に、長男のハーバートがまず

図12　炭鉱で働くジョーンと牧師の娘アニス（『ロウリー家の娘』より）

はようすを見に、ひとりでアメリカに旅立った。続いて一八六五年、家具を売り払ったイライザは四人の子どもたちを連れてモラヴィアン号という船にのり、リバプールからカナダへ、三週間の船旅に出発した。まずはカナダで上陸し、そのあと陸を列車で南下するほうが安あがりだったためだ。

さらに二週間の列車の旅を続け、ホジソン家はウィリアムおじの住むテネシー州ノックスヴィルに向かった。フランシスは一五歳、新しい生活のはじまりであり、新しい世界との出会いだった。リンカンが暗殺されたニュースを彼らは知らなかった。

第2章　テネシーの少女時代

アメリカの現実

ノックスヴィルはテネシー州の東にあり、地理的には南部に属しており、町の上層部の人々は南北戦争においても、南部側の立場であった。しかし市民たちは多くは心情的に北部側にくみしていて、戦争中、この町はちょうど両軍がせめぎあう地点となってしまった。ホジソン家が到着したときに戦争はおわっていたが、町はすっかり荒廃し、一時は非常に景気のよかったおじのウィリアム・ブーンドの食料品店もすっかり勢いを失い、かつかつの商売をしていた。そもそもこの人物は、大金もちになったりどん底の生活をしたりをくりかえす、ビジネス・ギャンブラーのような暮らしを生涯送ってきた人であった（図1）。

二万人の白人と二〇〇〇人の黒人が懸命に戦争で荒らされた町の復興にあたっていたノックスヴィルは手紙とは大ちがいで、ウィリアムおじの家にホジソン家の母子六人を引きとる余裕はまったくなかった。そこでおじは彼らを町から二五マイルはなれたニューマーケットという村に住まわせた。とい

図1　一八六三年、南北戦争で荒れはてたノックスヴィルの町

っても粗末な丸太小屋である。そしてハーバートを自らの店で、ジョンを近くのダンドリッジという村にある製粉所で雇ってくれた。それが当時のおじにとって妹家族にしてやれるせいぜいのところだった。

ニューマーケットの丸太小屋

ニューマーケットは、舗装のしていない道が一本、村のなかを通っているだけの小さな村であった。木造の家が数軒立ち並び、まわりをぐるりと森と丘に囲まれていて、雑貨屋、鍛冶屋、靴屋、教会、大工の店があり、あとは農業に従事する人々が暮らしていた。村の人々は、突然イギリスからやってきて、村でいちばん粗末な小屋に住みはじめた奇妙な一家に興味をいだいた。母と娘三人、週末に食料品をもって帰ってくる息子ふたりのこの家族は、丸太小屋に暮らし、食べるものにもことかくようなのに、きちんと木綿のドレスを着て靴をはき、銀器とナプキンを使って食事をとるのである。おかしなアクセントの英語を話し、お金がないのに妙に上品だった。

じつは母イライザはイギリスを出るとき、なけなしの食器や衣類をスーツケースにつめ、どんなに貧しくなろうともイギリス人中流階級の最低限の体面は保とうと決心していたのだ。この「貧しいけれどもお上品《シャビー・ジェンティリティ》」というのは、フランシスの小説の主人公の境遇を表すのにしばしば使われる。

村の人々ははだしで出歩き、子どもたちは麻袋のような服を着て暮らしていて、けっして裕福ではなかったが、ホジソン家の事情をのみこむと、非常に好意的で、親切にしてくれた。彼らが通りすがりに声をかけ、野菜やパンやケーキをおいていってくれたり、豚肉をわけてくれたりしなければ、一家は飢え死にしていたかもしれない。しかも村の人たちは、イライザが遠慮したり恥じいったりしないように気を使い、「たまたま焼いたばかりだから」「通りがかりでついでだから」などといって食べものをおいていってくれるのだった。

冬になると、フランシスは長女としての責任感から、小金を稼ぐため学校をはじめようと考えた。彼女自身が通ったのと同様の、近所の子どもたちに読み書き算数と音楽を教えるデイム・スクールである。彼女は算数が苦手だったが音楽には才能があった。数人の子どもたちがよろこんで通ってきたが、謝礼はやはりお金ではなくバターや卵であった。

このころから一家の家計はほぼフランシスの肩にかかってくるようになっていた。母は、そもそも働いたりお金をもうけたりすることに慣れていないうえ、度重なる苦労と移住の旅の疲れですっかり気力を失い、兄たちはそれぞれの仕事場でいそがしかったからだ。明日の食べものにもことかくような貧困生活のなかで、フランシスは一生続くひとつの固い決意をいだく。どんなに困っても絶対に借金だけはしないこと。のちに息子のヴィヴィアンにも、フランシスは固くそれをいいきかせている。

バーネット家との出会い

ここでフランシスはのちに結婚するスワン・バーネットとはじめて出会うことになる（図2）。バーネット家は、フランシスの住む丸太小屋から一区画離れたところに暮らしており、父のバーネット氏は開業医であった。バーネット家は大陸からチャールストンに逃げてきた**ユグノー教徒**の子孫であり、由緒ある家柄の傍系であった。とはいえ馬で往診をするバーネット医師が受けとる

図2 スワン・バーネットの肖像写真

ユグノー教徒
一六―一七世紀のフランスにおける改革教会派（カルヴァン派）の新教徒で、カトリックの貴族たちから迫害を受けヨーロッパ各地に逃げたが、おもに手工業の重要な担い手であったため、逃げた先での産業の発展に寄与した。

謝礼は、お金ではなく野菜や肉やバターといった現物であることが多く、けっして裕福ではなかった。

四人の子どもたちのなかで、フランシスより二歳年上で、医師免許を目指して勉強中だったのがスワンである。彼は子どものころのけがのせいで足が悪く、やや引っこみ思案の少年だった。彼は一目で、イギリスからやってきた家族の長女フランシスの活発さや明るいおしゃべりに魅せられた。スワンは勉強家だったが小説を読むという習慣がなかったので、フランシスに教えられて**ディケンズ**、サッカレー、スコットなどのイギリス文学にはじめて出合った。まもなくスワンは医師免許取得のため、オクラホマにあるマイアミ医大に入り家を離れるので、実際にフランシスとスワンがいっしょに語りあった時期はそれほど長くはない。

ふたりは手紙のやりとりを通して恋心を募らせていった。とはいえ、フランシスは結婚を望むほど、スワンを愛しているわけでもなかったようだ。彼女は、とくに強い結婚願望をもっていたわけではなかった。フランシスは遠く離れているからこそスワンに理想の異性の姿をたくしていたにすぎず、スワンという名前も気に入らなかったので、いつもジェロームとかドーローといったペットネームで彼をよび、一度もスワンという名でよんだことはない。のちになってから、フランシスはスワンの足が悪くなかったら、彼と結婚はしなかっただろうと語っている。彼女は心からの深い同情心を愛情と混同す

ディケンズ
Charles Dickens
一八一二―一八七〇。ヴィクトリア朝を代表するイギリスの小説家。『オリバー・ツイスト』（一八三七―三九）、『大いなる遺産』（一八六〇―六一）などの作品が非常に愛読された。

ることがままあった。

　ともあれホジソン家とバーネット家との縁は深く、のちにスワンの妹アンはフランシスの兄ハーバート・ホジソンと結婚する。

「ノアの箱舟」

　ニューマーケットの小屋に住んでいたのは一年半で、そのあと一家はもうすこしノックスヴィルに近いクリントン・パイクに引っ越した。このころ、失敗続きだったウィリアムおじはとうとう店をしめてしまい、上の兄のハーバートはノックスヴィルの時計・宝石店に職を得る。下の兄ジョンのほうは町はずれの製粉所の仕事にすっかり嫌気がさし、町で暮らしたがっており、ついにラマー・ハウスという酒場のバーテンダーとして働くようになった。このことをホジソン家の人々は恥じるように隠しており、その後、家族の口にこの次男の話はまったくのぼらなくなる。

　新しい家は、クリントン・パイクの町に近いとはいえ、ニューマーケットよりさらに山のなかで、彼らの家は、松の林のなかにぽつんととりのこされたような一軒家だった。フランシスは、この家を「ノアの箱舟」とよび、山を**「アララト山」**と名付け、アレゲニー山脈を見晴るかすこの家から、周囲の手つかずの美しい自然を、心ゆくまで楽しんだ（図3）。

アララト山
現在トルコ共和国内にある山で、ノアの箱舟が漂着した場所とされている。

The Dryad Days 271
ments with his head and neck. After which he would probably fly away.
But she had an idea that he always came again and brought some member of his family and endeavored to explain her to them and tell them that his impression was that she would not hurt. Many of them, she was quite sure, came again. She believed she recognized them. And they became so used to seeing her that they did not mind her in the least, and had quarrels and reconciliations, and said unpleasant things about their relations, and deplored the habits their children were getting into, and practised their scales just as if she had been one of the family.
Squirrels had no objection to her, rabbits occasionally came and looked, and dragon-flies and beetles regarded her as of no consequence at all.

図3　アメリカ南部の自然に親しむフランシス（『わたしの一番よく知っている子ども』より。絵はレジナルド・バーチ）

戦争の爪痕は繁茂する自然によってあっというまに回復されていき、家の窓からはスモーキー・マウンテンの丘、古い樫の木の森が見晴らせた。野の花が咲き乱れる緑の世界ですごした日々をフランシスは「森の精の日々」とよんでなつかしんでいる。実際は現金収入がほとんどなくて困窮の日々であったにもかかわらず、灰色の煙突と灰色の家と灰色の道路に煤まじりの空気がどんよりただよう工業都市からやってきたフランシスにとって、この緑の世界はお話の舞台そのものだった。彼女は、庭のなかにサッサフラスやハナミズキの木やツタのつるを使って居心地のいいあずまやをつくりあげ、日がな一日空想にふけり、物語をつくり、妹や友達に語った。

チェロキー族のインディアンの勇士が殺された許嫁の復讐をくわだて、ある白人を殺そうとするが、じつはその白人は彼女を開拓者の攻撃から救っていたと判明する、そんな物語をフランシスはつくっている。彼女のインディアンについての知識はけっして直接のものではなく、**フェニモア・クーパー**などの小説から得たものだった。ここで彼女は創作にぴったりのすばらしい背景を得たわけだった。しかし彼女はこの地でチェロキー族が三〇年まえ、どんな目にあったかは知らなかった。

一八三五年、ニューエコタ条約が調印され、ジョージア州に居住していたチェロキー族インディアンはのちにオクラホマ州となる土地へと強制移住させられた。その途上で四〇〇〇人もの人が過労と疾病で亡くなり、彼らが徒

チェロキー族
もともと北米大陸の東南部、ミシシッピ川流域に住んでいたネイティヴ・アメリカンの部族で、一八世紀のあいだ、入植してくる白人と戦いを続け、ついにアメリカ合衆国と一七九四年に休戦条約を結び、その後は文字を発明したりしてほかの四部族と連盟を結び定住生活に入った。しかし一九世紀になってゴールドラッシュの影響でまたもや侵入してきたアメリカ人に強制移住を強いられ、「涙の旅路」とよばれる行軍でミシシッピ以西へ追いやられた。

歩でたどった道は、「涙の旅路」とよばれている。ニューマーケットの住人にも、このときチェロキー語が話せるということでかりだされた人がいて、そのときの思い出を「アメリカ史のなかのもっとも深い闇の一ページ」と語っている。チェロキー族が虐殺されミシシッピ川以西へ追いやられたあとは、大きな農場がつくられ、黒人奴隷を使って南部の繁栄が築かれたのだった。

フランシスは南北戦争後にアメリカに来て、奴隷制の事実を見ることもなく、チェロキー族の「涙の旅路」がすぐそばにあったことも知らず、南部の豊かな自然を愛で、本のなかから生まれたロマンティックな想像をこの地にめぐらせていた。

はじめての挑戦

自伝のなかではこの時期、フランシスは松や杉の木の森のなかで、野バラやスミレの花に囲まれて、もうごっこ遊びは必要なく、自分は物語の世界にいたと語ってはいるが、実際は、彼女はあずまやで夢見ているわけにはいかなかった。現金収入がどうしても必要だったのだ。

フランシスと妹たちはときどき連載小説がのっている雑誌を目にすることがあった。アメリカの女性向けの雑誌はちょうど全盛期で、非常にたくさんの出版社から「ゴーディズ・レディーズ・ブック」、「ピーターソンズ・マガ

フェニモア・クーパー
James Fenimore Cooper
一七八九―一八五一。アメリカの作家・評論家。『レザーストッキング物語』シリーズで、開拓者とネイティヴ・アメリカンの世界を描いた。このなかでも有名なのは『モヒカン族の最後』（一八二六）である。

ジン」、「レディース・ナショナル・マガジン」などの定期刊行物が発行されていた。彼女たちには定期購読までする余裕はなかったが、たまたま手に入った一部を読む機会はあった。

とりわけフランシスの目を引いたのは、「寄稿者への回答」欄だった。寄稿者がどんな質問をしたのかはふせられ、編集者からの返事のみが掲載されている形式で、このころの女性雑誌にはよくあったものである。「アソールのブレアへ――あなたの詩を採用します。またの寄稿をおまちしています」「クリスタベルへ――返送用切手が同封されていないので、不採用の原稿は返却できません」「うるわしのエレインへ――用紙の両面には書かないように」

このことからフランシスは、寄稿された小説や詩に現金が支払われているという事実に気づいた。妹のイーディスは姉の才能を高く評価しており、雑誌にのっている物語程度なら、フランシスにも書けるのではないかとそのかしたし、フランシスもそう考えた。投稿するには決まりがあるらしいけれど、それさえ守れば自分の書く物語はお金になるのではないだろうか。三人姉妹はなんとかして兄たちには秘密裏に、フランシスが書きためていた物語を、出版社に送って運試しをしてみようと考えた。兄たちはフランシスの「ロマンティックなたわごと」をもの笑いの種にしていたから、この試みが知られるわけにはいかなかった。掲載されずに返送されたのが知られでもしたら、どんなにからかわれるかわかったものではない。

とりあえず規定のフールスキャップ紙と切手が必要である。郵便局にいくにも遠い町まで出かけねばならなかった。幸い、近所に住むノックスヴィルの学校の先生が返信を受けとるところまで代理を引き受けてくれることになった。

しかし紙とインクと十分な切手代をどうやって捻出したらいいのだろうと、姉妹は頭を悩ませた。周囲に子どもたちは住んでおらず、また学校をひらくにも生徒がいない。しかもフランシスは算数が苦手すぎた。家禽を育てることにも失敗していた。だが、原稿でお金を稼ぐには、まずこの原資がどうしても必要だ。

ここでいいことを思いついたのは下の妹のエドウィーナだった。近所に住む黒人の洗濯手伝いのシンシィおばさんが、自分の娘が野ブドウを摘んで市場で売ったと話していたのを思い出したのだ。森に野ブドウならいくらでもはえていた。よろこんだ三人姉妹はおばさんの娘たちにたのんでいっしょに野ブドウを摘みに出かけ、収穫を楽しんだ。娘たちは市場で売ることも引き受けてくれた。結果、紙と切手を買うのに十分な資金はこうして得られたのだった（図4）。

フールスキャップ紙
平版の大きさを規定した英国標準規格。三四二・九ミリ×四一九・一ミリ。最初につくられたとき道化師の帽子の模様の透かしが入れられていたためこの名がある。

シンシィおばさん
当時、黒人の成人女性は既婚未婚を問わず、○○おばさんとよばれ、ミス・ミセスの敬称が使われることはなかった。あとで出てくるプリシーおばさんも同じく。

"*My Object is Remuneration*" 309

in some warm, golden place, with young trees and bushes closed about her, simply breathing the air, and enraptured with a feeling of being like a well-sunned Indian peach. Her cheeks had such an Autumn heat in them—that glow which is not like the heat of summer. And what a day of dreams. If—if—if! "If" is such a charming word—such a benign one—such a sumptuous one. One cannot always say with entire sense of conviction, "I have a kingdom and a princely

図4　紙と切手を買うために、野ブドウを摘みに出かけたフランシスたち（『わたしの一番よく知っている子ども』より。絵はレジナルド・バーチ）

「私の目的は報酬です」

フランシスが原稿を念入りに清書して送った先は「バラーズ・マガジン」だった。本当は「ゴーディズ・レディーズ・ブック」を目指したかったのだが、一九世紀のアメリカでもっとも人気をほこるこの女性雑誌は、やはり最初の挑戦にはすこし敷居が高かった。原稿に添えた手紙に書く内容も、姉妹は頭をよせあって熟考した。考えぬかれたその文章には、フランシスの明確な目的が示されていた。

「拝啓　同封した原稿「カラザース嬢の婚約」が貴誌の掲載にふさわしくないということでしたら、同封の返信用切手を使って送り返してください。私の目的は報酬です。　F・ホジソン」

まちわびた返事がとどいたとき、その内容にフランシスは首をかしげた。掲載するには長すぎるということらしいのだが、それ以外なにをいいたいのかわからないのだ。ともかく報酬はくれないらしいと判断した彼女は、持ち前の事務的な態度でさっさと原稿の返却を申し出、原稿は返送されてきた。再度挑戦しなおそうと気をとりなおした彼女は、今度はおくせず「ゴーディズ・レディーズ・ブック」に送付した。やがて編集者から来た返事は、どうもフランシスが本当にその短編を書いたのかどうか、たしかめたがっているようだった。アメリカ人が書いたにしてはイギリスのことが詳細に描かれているので、編集者は剽窃《ひょうせつ》を疑ったのだ。

この当時、まだ国際間の著作権の規定がきちんと整備されていなかったため、アメリカの雑誌には、しばしばイギリスですでに出版されている作品がただで使われることがあった。編集者はフランシスがイギリス人の書いた作品を自分のものとして投稿してきたのではないかと考えたのである。フランシスは、自分はイギリスから移住してきたばかりであることを説明し、自作であることを証明するため、もうひとつの短編「ハートとダイヤモンド」を送った。結果、「ゴーディズ・レディーズ・ブック」は二作とも採用し、合計で三五ドルの報酬が支払われた。フランシスは一八歳であった。そのとき以来、長すぎるという以外の理由で、彼女の原稿が断られたことは一度としてない。

フランシスが稼いだ現金を見せられて、兄ハーバートもおどろいた。結局「ロマンティックなたわごと」もお金になったのだ。兄に見なおされたフランシスは鼻高々であったが、ここでひとつの時代がおわりをつげたことを彼女は知っていた。物語をお金に引きかえて生計を立てることで、彼女はおとなの世界に足をふみいれたのだ。この日から、フランシスはお金のために書いて書いて書きつづけ、働きつづける（図5）。

324 The One I Knew the Best of All
I could do it. And I wrote another—and sent it. And he has accepted them both, and sent me thirty-five dollars."
"Thirty-five dollars!" he exclaimed, staring at her.

図5　兄に向かってほこらしげにお金をもうけたことを報告するフランシス（『わたしの一番よく知っている子ども』より。絵はレジナルド・バーチ）

第3章　作家としての出発

アメリカの女性雑誌

フランシスはアメリカ中、ほぼすべての出版社に短編を送り、掲載された。ただ自分が書いているものが、金もうけのための雑な作品《ポット・ボイラー》であることを自覚していたので、「ハーパーズ」「スクリブナーズ」「アトランティック・マガジン」といった一流文芸誌に挑戦するつもりはなかった（のちにこれらの雑誌も彼女の作品を掲載するようになる）。

フランシスの作家デビュー（といっても短編は匿名で掲載された）の場となった「ゴーディズ・レディーズ・ブック」（図1）は、当時セーラ・ジョセファ・ヘイルという女性編集者が活躍していた。ヘイルは、女性が自分の意見をもち、強く生きるために教養を身につけねばならないという強い主張をいだいていたが、雑誌が雑誌として成功するためには、優雅で美しくあることを追求する伝統的な女性読者層にもアピールする必要があることを知りつくしていた。というわけで、この雑誌は「レディの余暇を甘美なよろこびで満たす」ことをかかげ、パリで流行しているファッションのカラープレー

図1　アメリカでもっとも人気があった婦人雑誌「ゴーディズ・レディーズ・ブック」

トと型紙を掲載することを売りにし、家庭こそ女性の領域であるととなえつつ、そこで「影響力を駆使」するために、常識を培うようよびかけ、小説を読んで知性を磨くことをすすめ、微妙なバランスの舵取りを試みていた。

フランシスをもっとも重用してくれた「ピーターソンズ・マガジン」もそのあとに続く雑誌であった。お針子や家庭教師が雇い主の息子と結婚して慈善事業にのりだす物語や、敬虔な娘が伝道に出かけた外国で堕落した飲んだくれを更生させるような、女性の精神力を讃える物語はこうした雑誌の方針にぴったりだった。フランシスが書くような短編や連載小説は、アメリカの女性読者に非常に大きな市場を見いだした雑誌にとって、まさにぴったりのものだったのである。

アメリカ人読者は、かたや自由の国の平等を讃えながら、ヨーロッパの歴史と貴族の世界や、古い森と年代を感じさせる古城のたたずまいに強いあこがれをいだいていた。圧倒的にイギリスからの輸入文学が幅をきかせていた世界で、その世界観を知りつくしておりながら、アメリカに在住してアメリカ人読者の好みを知っている同時代の作家。この時代のニーズに、フランシスはしっかりとフィットしたのだ。

ノックスヴィルの「ヴァガボンディア」

一八六九年、ホジソン一家はノックスヴィルの町に引っ越した。その翌年、苦労を重ねてきた母イライザはついに五五歳で亡くなっている。二〇歳のフランシスが妹たちと暮らすのは、広いけれども荒れ果てた家で、彼らはこれを「ヴァガボンディア」とよんでいた。ボヘミアンというような意味である。古くなったドレスを仕立てなおし、裏返し、工夫を凝らしながら「体面を保つ」暮らしを、フランシスはおもしろがってボヘミアンを気どっていたのだ。部屋数だけは多かったこの家に、ブーンド家のいとこや町でできた友達が泊まりこむこともしばしばで、ある種の自由なサロンのような場が形成されていった。このころの暮らしは、「ドリー」という短編に描かれている。

ノックスヴィルの若者たちは、この家に集い、楽器を演奏したり川でボートにのったり、ピクニックをしたりパーティをひらいたりした。教会もまた歌や演奏の場になった。この若者たちの仲間のなかから、妹のイーディスとエドウィーナは結婚相手を得ている。だがここに集う若者たちは貧しく、フランシスにとって彼らは知的にも社会階級的にも、物足りないものに思われた。

大学を卒業したスワンは、このころノックスヴィルに帰っていた。ちょうどそのころ、テネシー州プラスキーでは、白人至上主義の団体が**秘密結社クー・クラックス・クラン**を結成し、反奴隷解放をとなえて黒人居住区を歩きまわり、嫌がらせをはじめていた。テネシー州防衛軍はこの結社の暴力の鎮圧に忙殺されており、医師になりたてのスワンはこの州の軍隊病院に配属され、実家に帰ってきていたのだ。

スワンは忠実にフランシスを愛しつづけ、彼女と結婚し、郊外にこじんまりとした庭つきの我が家がもちたいと夢見ていた。だがフランシスの願いはそのような小市民的な家庭の幸せではなかった。すでにこのあたりから、ふたりの願う人生の目的はすれちがいを見せている。ともあれスワンはまたニューヨークに出て、ベルヴュー医大に入る。彼は**耳と目の専門医**に特化したいと考えており、そのためにはさらに専門教育を受ける必要があったのだ。

秘密結社クー・クラックス・クラン
一八六五年に結成された北方人種（ノルディック）至上主義の秘密結社。黒人、アジア人、最近ではヒスパニック、同性愛者、カトリック、フェミニストに対し排斥運動をくりひろげる。第一派は南北戦争後、第二派は第一世界大戦、第三派は第二次世界大戦後に勢いを強めた。

耳と目の専門医
当時は眼科と耳鼻科は同一の専門医があつかっていた。

フランシスの野心

フランシスの伝記を書いたアン・スウェイトは、彼女をひとことで評して「パーティをまちつづける人」といっている。いくら現在楽しいパーティに出席していても、きっとどこか別のところにもっとすばらしいパーティが自分をまっているにちがいないという幻想を、一生もちつづけていたのがフランシスだった。「運命の突然の逆転」のあと、ふたたびもっと高次の世界へと返り咲く彼女の小説のヒロインたちは、よりすばらしい世界へ、より楽しい経験へ、夢を追う彼女の理想だった。フランシスが生涯、ひとつの場所にとどまっていることができず、イギリスとアメリカを往復し、家を変えつづけたのも、彼女のこの幻想のせいだったのにちがいない（図2）。しかも

図2　スタジオで写真のためポーズをとるフランシス

フランシスは、いまよりよい世界への切符を、自分が稼ぎだせることを知ってしまった。ひたすら、雑誌に寄稿を続けることだ。一か月に五～六作品を雑誌に発表していたフランシスは、宝石店につとめる兄ハーバートより月収がよかった。このころ、「ピーターソンズ・マガジン」の編集者は、フランシスの作品に対して、ほかの寄稿者の二倍の印税を支払うと保証してくれた。だが同時に彼女は自分が書いているものが、一流の文学ではないこと、大衆に迎合した読み捨ての短編であることも承知していた。これは彼女の習作時代だった。また、イギリスを舞台に書くことが多かった彼女は、一度帰国したい、親戚や知人に会いたいという気持ちをいだくようになり、すこしずつ旅費をためはじめた。

リチャード・ギルダーとニューヨーク

ニューヨークのチャールズ・スクリブナーズ社は、一八四六年創業の出版社で、アメリカの著名な作家たち――**ヘンリー・ジェイムズ**、**アーネスト・ヘミングウェイ**、**スコット・フィッツジェラルド**などの文芸作品を出版したことで有名である。雑誌「スクリブナーズ」の副編集長をしていたリチャード・ワトソン・ギルダーは、のちにこの雑誌を「センチュリー」と名を変えて主宰した名編集長であった。彼は文学を通じて、アメリカ人はもっと向上

ヘンリー・ジェイムズ
Henry James
一八四三―一九一六。アメリカ生まれ、イギリスで活躍した作家。『デイジー・ミラー』（一八七八）、『ねじの回転』（一八九八）など、モダニズム文学の嚆矢といわれる。

することができ、豊かに調和のとれた社会を築けると信じていた。

ひいきにしてくれる「ピーターソンズ・マガジン」の編集者から、もっと文学性の高い雑誌に寄稿してみるようアドバイスを受けたフランシスは、一八七一年の秋、「わたしを救ってくれた女性」という短編を「スクリブナーズ」に送ってみた。ギルダーがこれを受けとったが、雑誌には少々長すぎるという理由で断ってきた。しかしギルダーは明らかにフランシスの作家としての資質に興味をもった。次に彼女が送った「不愛想なティム」という短編はたしかに、非常に好意的に受けとられた。

これはフランシスの得意なランカシャー方言を駆使して描かれた地方色にあふれた短編で、妻の先の夫がじつは死んでおらず、自分は結婚していたことにならないと知った工員ティムのところに、その男が権利を主張して現れ、家族を悲劇に巻きこむという話だ。すでに家族を失ってから、ティムが工場主に告白するかたちで書かれている。はじめのころフランシスが書いていた「美しいポリー・ペンバルトン」とか「キャスリーン」といった初期短編とは明らかに質がちがう作品だった。

このときから編集者リチャード・ギルダーは、生涯を通じてフランシスの指導者となりアドバイザーとなり、小説家としてのキャリアに大きく貢献してくれる大事な友人になったのだった。イギリスにいくのにもう十分な金額はたまったと判断したフランシスは、そのまえにニューヨークへ上京し、ギ

アーネスト・ヘミングウェイ
Ernest Miller Hemingway
一八九九—一九六一。アメリカのノーベル賞受賞作家。『日はまた昇る』(一九二六)、『武器よさらば』(一九二九)などの作品の、簡潔で独特の文体が有名。

スコット・フィッツジェラルド
Francis Scott Key Fitzgerald
一八九六—一九四〇。二〇世紀アメリカを代表する小説家。『華麗なるギャツビー』(一九二五)などの作品で知られる。

ルダーに会うことに決めた。

いっぽう、長らくまたされっぱなしのスワンは課程をおえてノックスヴィルに帰り開業していたが、イギリスから帰ったらかならず結婚してくれるよう、フランシスに約束をせまった。ペン一本で十分身を立てられるようになっていたフランシスは、結婚する必要性をあまり感じておらず、それよりもやりたいことのほうがあったのだが、そこまで強情を張って断りつづけるほど彼が嫌いだというわけでもなかった。フランシスは帰国後に結婚することを承諾し、ニューヨークによってからイギリスへ出かけることにした。

ニューヨークにいく目的は、スクリブナーズ社のリチャード・ギルダーに会うことだった。「スクリブナーズ」の主任編集者ドクター・ホランドも彼女に会うのを楽しみにしていた。ふたりは「不愛想なティム」を読んでおおいに心を動かされ、フランシスの作家としての資質に期待していたのである。ギルダーはフランシスより六歳しか年上でなかったが、世間知らずの若い娘が大都会に来るのだからと、エスコート役を買って出て、ホテルにむかえにいくと連絡をいれた。しかしおもむいたホテルには、もうフランシスはおらず、再三たずねるも、彼女は帰ってこない。じつはフランシスはニューヨークにいる女性編集者に誘われて遊びに出かけ、はじめてのひとり旅の自由にはしゃいで都会の空気を満喫し、ホテルに帰ったのは真夜中すぎだったのだ。紳士で騎士道精神旺盛なギルダーはまたされつづけだった。

だが、ギルダーはフランシスに非常に貴重な忠告をくれた。彼女のほとばしるような散文に抑制をかけること、文章から不要なものをそぎ落として文学性を高めることなどだ。彼女がひとりではとても達成できなかったであろう文章修行に、ギルダーはこのあとも辛抱強くつきあってくれ、原稿を読んでくれるようになった。長い文通のあいだに、ふたりはそれぞれに自分の伴侶がありつつ、心を打ち明けられる親友となったのだ。

ふたたびイギリスの地へ

二〇歳で母親を亡くしてからふたりの妹と自分の生活を背負い、ペン一本で生活費をすべて稼ぎだしていたフランシスは、やや過労気味だった。想像力はいくらでもわきだしてきたがそれを紙に書きつける仕事はストレスが多く、雑誌の掲載には締め切りが厳しく存在していた。フランシスは、だんだん仕事に追われて気持ちが切迫し、ひどい頭痛や気分の落ちこみをうったえ、寝こむようになっていた。その当時の医者は、これを「神経衰弱」とよんでいたが、現在の過労によるうつと同様の症状である。

テネシーの家族や知人は、本人が望んでいるイギリス滞在はきっと気分転換になり、心を休めることができて、彼女の健康にとってもいいだろうと考えていた。

フランシスは、ニューヨークから出発し、船上の人となった。マンチェスターの母方のいとこが宿を提供してくれ、それから一年半のあいだ、フランシスはロンドンやパリに遊びにいったり、ハッドフィールド家をたずねたりしてこの滞在を楽しんだ（図3）。

しかしこの滞在中もたゆまずフランシスは執筆をやめることなく、雑誌への寄稿でもって生活費を稼ぎつづけていた。ノックスヴィル新聞からは、イギリス紀行を書いてくれとの要請も入った。イギリスの知人や親戚は彼女をたいそう歓迎し、毎日のようにパーティやピクニックやそのほかの催しを計画してくれたが、ときどきそれは彼女をたいへん疲れさせた。「神経衰弱」はこのあとも彼女につきまとうことになる。

パリをたずねたとき、フランシスはそこでウェディング・ドレスを注文した。自分の服はすべて手づくりでこなしていたフランシスにしてみれば、最高の贅沢であった。テネシーでスワンは、フランシスがもう帰ってこないのではないか、自分はふられたのではないかと心配になっていたのだが、そんなことはなかった。真っ白なサテンとチュールの豪華なドレスは、彼女のアメリカ帰国後、追ってとどく手はずとなっ

図3　イギリスへ向かう船。今後、33回このような船に乗船することになる（『小公子』より。絵はレジナルド・バーチ）

ていた。

涙ながらの結婚式

一八七三年九月、フランシス二三歳のとき、ニューヨーク経由でようやく、七年間まちつづけたスワンのもとに帰ってきた。スワンはすぐにも結婚式をあげようとしたが、パリ仕立ての結婚衣装がまだとどいておらず、フランシスは延期を主張した。どんな衣装を着ていようと、結婚式の厳粛さに変わりはないと、スワンは彼女のいいぶんをきこうとせず、ふたりはニューマーケットのバーネット家で結婚式をあげた。

フランス製の真っ白のサテンとチュールの豪華なドレスに白いオレンジの花とジャスミンの花をもって結婚することを夢見ていた花嫁は、クリーム色のブロケードのドレスに白いリンゴの花で妥協せざるを得ず、女心を解しない新郎をうらんだ。儀式や華やかなドレスにこだわるフランシスを、外側だけの美や形式のみを重んじる浮わついた女性だと批判的な見方をする向きもあるが、フランシスとスワンのそれぞれのこだわりが、おたがいに通じあっていなかったことこそ問題であったろう。ちなみに遅れて到着した豪華な衣装が、長い船旅のうちに錆がついて汚れ、傷がついていたことも象徴的だったかもしれない。だが、縫物が得意なフランシスはうまくそれを直し、夜会用のドレスに仕立てなおして装った。

新婚夫妻はとりあえずノックスヴィルに落ちついたが、この地方都市はスワンにとってもフランシスにとっても世界が狭すぎるように思われた。スワンは地方の開業医でおわるのではなく専門性をいかしたかったし、フランシスはこれから本格的に文学を書きはじめようとしていたところだったからだ。スワンにとってもっとも見こみのある道は、パリで大学院にいき箔をつけることだった。だが、スワンがふたたび学生になるということは、夫からの収入はしばらく断たれることになる。渡航費、生活費、学費はどうすればいいか。しかもフランシスは不調をうったえ、妊娠していることがわかった。テネシーの夏の暑さは、身重の彼女にはたえられないものに思われた。

そんなとき、助け舟を出してくれたのが、「ピーターソンズ・マガジン」の編集長だった。彼はフランシスが今後彼の雑誌で継続的に仕事をすることを見こんで、前払いで原稿料を払うと申し出てくれたのだ。夫妻はよろこんでこれを受け入れた。これでふたりはいっしょに渡航し、学校でスワンが勉強しているあいだ、フランシスはアパートメントで家事と執筆を続ければいい。

結婚の翌年、ふたりにはじめての息子、ライオネルが生まれる。その六か月後の一八七五年、バーネット夫妻は赤ん坊を連れ、子守り兼家事手伝いに黒人の女性を連れて、パリへと発った。

パリの新婚時代

パリのパケ通りに小さな住まいを借りたスワンは、フランシスとライオネルとともに暮らしはじめたが、プリシーおばさんとよばれていた召使がいなければ生活はなりたたなかっただろう。彼女はもと奴隷の年配の黒人で、典型的な南部の「マミィ」のようだと思われていた。バーネット夫妻は献身的に働く彼女に心から感謝していたが、フランス人やイギリス人にとっては、黒人召使を連れた子ども連れの夫妻はかなり異国風《エキゾチック》な存在だった。もしかしたらフランシスは、自分をアメリカ南部の奥さまに見せるため、わざとプリシーを選んだのかもしれない。南部人の夫ともと奴隷の召使というのは、そのためには格好の装置であった。

スワンの努力は実り、彼はどんどん成功をおさめていった。しかしこれはすべてフランシスの経済力のおかげであり、フランス生活は一〇〇パーセント、彼女のペン一本にかかっていたのである。ところが予期せぬことに、フランシスはまた妊娠していることに気づいた。なるべく切りつめた生活を送り、自分と息子とプリシーの服は全部手づくりだった。家事はプリシーがやってくれるにしても、幼児を抱えて毎日執筆する生活はけっして楽ではなかった。そこに、またひとり家族がふえたのだ。

「マミィ」
頭に派手なバンダナを巻いた、恰幅のいい黒人の乳母を指す。映画『風と共に去りぬ』で描かれるスカーレットの乳母マミィからきているが、現在白人の主人に従属的な黒人のステレオタイプとして批判されている。

図４　フランシスとふたりの息子。ヴィヴィアン 12 歳（左）とライオネル 14 歳（右）

一八七六年四月、ふたり目の息子、ヴィヴィアンが誕生した。じつはフランシスは女の子がほしかったので、ヴィヴィアン（Vivien）という名前を用意していた。また男の子が生まれてがっかりしたフランシスではあったが、生まれた子どものかわいらしさにそんな気持ちは失せていた。そして同じ発音でも男性形だということで、Vivianという名前をつけたのである。ライオネルにしろヴィヴィアンにしろ、フランシスの貴族趣味が垣間見える名前である（図4）。

二六歳のフランシスは、ライオネルがいたずら盛りで手を焼かせるうえに、生まれたばかりの乳児を抱え、「ピーターソンズ・マガジン」だけではなくほかの雑誌にも執筆を続けた。それ以外に新しい長編小説の構想を練る生活は非常にストレスのかかるものであったが、彼女の名前はしだいに有名になりつつあった。

一八七六年、ついに彼女はランカシャー地方の炭鉱町を舞台とした最初の長編『ロウリー家の娘』の冒頭を、「スクリブナーズ」に送った。これは事実上彼女の名前が一流の作家として認められる契機となった一冊で、彼女は、当時イギリスで一流の女性作家として名高かった**ジョージ・エリオット**の後継者とまで称されることになる。同年、バーネット夫妻はふたりの息子を連れ、プリシーとともに帰国した。彼らが住むことに決めたのは、ワシントンだった。

ジョージ・エリオット
George Eliot
一八一九―一八八〇。本名メアリー・アン・エヴァンズ。男性名で小説を書いたイギリス人作家。代表作は『フロス湖畔の水車小屋』（一八六〇）、『ミドルマーチ』（一八七一―七二）など。

第4章　ワシントンの人気作家

新しい生活

職を探すためスワンは単身、ひと足先にワシントンに落ちつき、フランシスとふたりの息子はまずはノックスヴィルに帰った。スワンが仕事場を開拓し、ワシントン市内に家を用意して一家はまたともに暮らすことになる。新しい友人もふえ、自慢の息子たちと愛する夫と、フランシスの生活は幸せにあふれているように思われた。少なくとも最初のうちは。

一家は市内で何度も引っ越しをしつつ、だんだん大きな家に移っていった。首都ワシントンは、ボストンやフィラデルフィアほど格式張らず、ニューヨークほど喧騒の大都会でもなく、自由でゆったりとした住み心地のいい場所だった。最後にはフランシスもスワンも、家のなかに各自のオフィスをかまえることができるくらいの大邸宅に暮らすようになる。ただ、ワシントンは夏が暑く、フランシスはそれが苦手で、夏のあいだは一家でノース・キャロライナなどの山のほうに避暑にいくことがふえた。ワシントンは地盤が湿地で、夏になるとマラリアが流行ることもあり、裕福な人々は夏場をほかのところですごすことが多かったのである。フランシスだけボストンなど東部に出かけ、子どもたちはノックスヴィルの祖父母のところにやって、スワンはワシントンにのこることもあった。裕福になればなるほど、家族がばらばらになっていくのは皮肉なことだった。

スワンは、やがてはジョージタウン大学医学部講師もつとめるくらい医師として専門性も高く、成功をおさめて多忙であるにもかかわらず、自らフランシスのビジネス・マネージャー役を引き受けた。このころから、とくに小説の内容にかんすることでないかぎり、出版社との契約や打ち合わせ、折衝はすべてスワンが代行することになった。執筆とふたりの子どもの子育てに翻弄されるフランシスを助けるつもりであったのか、それとも妻の収入と仕事量を自らの支配下におきたかったのか、彼の真意は明らかではない。だが、このこともまた、フランシスにとっては大きなストレス源となったのはたしかだった。スワンは彼女の作品を敬愛してはいたが、非常に厳しい批評家でもあり、つねにベストをつくすよう命じ、書きなおしを強いたり、催促をくりかえしたりしたからである。

彼女は知人への手紙で、夫が自分の仕事に干渉しない人であればよかった、と嘆いた。まるで自分は原稿製造機械のようだ、このままでは壊れてしまうとフランシスはうったえている。

最初の長編小説

大成功のうちに連載をおえた『ロウリー家の娘』（図1）は、一八七七年、スクリブナーズ社から単行本として出版され、作家としてのフランシスの名前はさらに高く評されるようになった。各書評誌も非常に好意的な評をよせ、ランカシャー訛りをふんだんにもちいた新たな社会派の小説であると評判になった。

この物語は、リッガンという架空の町が舞台で、炭鉱で働くジョーン・ロウリーという娘が主人公である。幼少時マンチェスターで見た女神のように美しく威厳のある女工の姿がモデルになっているが、フランシスは工場ではなく炭鉱を背景にした。

ジョーンは男性と同じ服装で働く炭鉱婦で、その父は暴力的な飲んだくれ男だった（図2）。しかし娘のジョーンは私生児を生んだ町の娘リズをかばい母子ともに引きとるという優しさももちあわせている。リッガンの教会に新たに赴任してきた牧師はこの荒くれた町を嫌うが、その娘のアニスはなんとか町の子どもたちに教育をあたえようと学校をひらくなどして伝道につとめる。炭鉱で働く技術者のデリックに心をよせるようになったジョーンは、自らの無知を恥じ、アニスの夜学に通おうとするいっぽう、彼をつけ

図1　『ロウリー家の娘』表紙

図2　ジョーンは乱暴な父から技師デリックを守ろうと毎晩ついていった（『ロウリー家の娘』より）

ねらう父親から彼を守るという勇敢な行動をとる。あるとき、炭鉱が爆発事故をおこし、ジョーンはなかにいた技師デリックを救うため命がけで地下に入っていき、首尾よく彼を救出した（図3）。しかし意識をとりもどした彼がジョーンに感謝し、彼女に求婚しようとしたとき、彼との身分差に自らを恥じたジョーンの姿は消えていた……。

図3　炭鉱の落盤事故から大事な人を救いだそうとするジョーン（『ロウリー家の娘』より）

堂々として背が高く誇り高い労働者の女性、ジョーンは新しいタイプのヒロインだった。もっとも物語上、最後には、彼女は求婚者にふさわしい教養と洗練を身につけるべく社会的階級を上昇するのであり、階級格差が転覆されるような革新的な結末にはならない。

アメリカだけでなく、イギリスにおいても翌年、フレデリック・ウォーン&Co社がこれを出版し、イギリスでの名声も獲得した。

こうして本格的な小説家としての名声が確立されると、その弊害がいくつか生じてきた。ひとつは、彼女の本は売れると判断した出版社が、これまで書いてきた雑誌掲載の短編を集めて短編集を次々出版しようとしたことだった。ファニー・ホジソンと署名して書いてきたそれらの物語は、彼女自身がポット・ボイラーであると自認するものも多く、新しい小説の作者としての彼女の足を引っぱりかねなかった。しかしピーターソンズ社をはじめ多くの出版社は、重複もかえりみず、「売れる」本として出版してしまったのだった。この年、なんと九冊もの初期短編集が、彼女の意図に反して出版されている。次の長編『**ハワース**』（図4）が一八七九年に出版されるまでに出た短編集はさらに多い。

『ハワース』
Haworth's. 1879.

図4 『ハワース』表紙

社交生活の光と闇

著名な作家として、いまやフランシスはワシントンの社交界では引っぱりだこであった。彼女は着飾るのが好きで、社交好きで、話好きで、快活でウィットにとんだ性格だと知られており、一躍有名人としてもてはやされるようになった。家の近くには、一八八一年第二〇代大統領に選出されるジェイムズ・ガーフィールドが住んでいて、一家ぐるみ親しいつきあいをしていた。もっともガーフィールドは大統領に就任してすぐに凶弾に倒れ、ふたり目の暗殺された大統領として歴史に名をのこす。その葬儀では、フランシスが追悼の詩を捧げた。

毎週火曜日は、フランシスが自宅で客をもてなす「アット・ホーム」の日と定められた。フランシスの家には政界からも文学界からも著名人が集った。なかでももっとも歓迎された客はスクリブナーズ社のいまは編集長に昇任したリチャード・ギルダーであった。彼は最初から最後までフランシスの文学上の相談相手でありつづけた得難い友であった。

「アット・ホーム」　一週間のうち特定の曜日を、訪問を受ける日として設定し、ホームパーティを催して客をもてなす習慣。

図5　オスカー・ワイルドは派手な服装と奇行で知られていた

ちょうどアメリカを訪問中のアイルランド出身の作家**オスカー・ワイルド**がこの「アット・ホーム」に客としておとずれたことは有名である（図5）。このときワイルドは、ニッカーボッカーにパテント革のブーツ、胸にひまわりの花を飾るという話題の格好でやってきた。フランシスは彼を独占し、ほかの客はほったらかしてふたりきりで語りあっていた。だが、彼女は多忙を理由に引きこもることもあった。流行作家であるうえ二児の母なのだからとみんなは納得していたが、華やかさの裏でフランシスはときどきひどい憂うつ症の発作に見舞われ、頭痛とめまいでおきあがることもできず、床にふした。執筆作業のプレッシャーは、いったん批評家の好評を得てから、ますますひどくなった。マネージャーを気取るスワンからの圧力も追い打ちをかけた。

一八八三年に出版された長編**『ひとつの統治をこえて』**（図6）は、ワシントンの社交界を舞台にした小説で、ヒロインは愛のない不幸な結婚生活にたえがたく、不倫の恋に走りそうになる。だが、彼女はやはり子どもたちのためにと、家庭にとどまることを決心する。小説にあまり短絡的に作者の実体験を読みこむのは避けたいが、「自分が愛する人より自分を愛する人と結婚してしまった」ヒロインは、フランシス自身とまったく関係ないともいいきれない。彼女の作品としてはめずらしく、ハッピー・エンディングにおわらない物語である。

オスカー・ワイルド
Oscar Fingal O'Flahertie Wills Wilde
一八五四―一九〇〇。アイルランド生まれの詩人・劇作家・小説家。『ドリアン・グレイの肖像』（一八九〇）、『サロメ』（一八九三）など耽美的、退廃的な作風で知られる。

『ひとつの統治をこえて』
Through One Administration. 1883.

図6　『ひとつの統治をこえて』表紙

生活が華やかなものになりつきあいがふえればそれだけお金が必要になり、ますます仕事はふえる。とどまることのない悪循環は、名声につきまとうもうひとつの弊害であった。しかもこの小説の連載をはじめるとき、フランシスはまだ物語の結末を決めていなかった。毎月の締め切りに追われつつ、連載のおわった本を単行本として完成させる、そのかたわら社交夫人としてパーティをとりしきる。ふたりの息子はまだ幼い。ときどき、その仕事量は限界をこえた。

三六歳になったころ、フランシスは執筆活動ができなくなるくらいの体調不良に悩まされ、ひどいスランプにおちいってしまった。そしてつらさのあまり、普通の医者へ不信感をいだき、いわゆる代替医療に手をだした。彼女が通ったのは、ボストンでミセス・ニューマンというメタフィジカル・ヒーラーがおこなっていた「ボストン・マインド・キュア」という治療である。簡単にいうと、これは個人のポジティブ・シンキングと信念の力で病気を駆逐する自己啓発セミナーのようなものであった。

こうしたメタフィジカル・ヒーリングには、

ルイザ・メイ・オールコット
Louisa May Alcott
一八三二―一八八八。アメリカの女性作家。現在は『若草物語』（一八六八）からはじまる四部作など少女向けの読みもので知られているが、おとな向けのメロドラマ風の小説も多く手がけている。

図7　ルイザ・メイ・オールコットの肖像

エマーソンの思想やウィリアム・ジェイムズの哲学などと通底するものがあり、「ボストン・マインド・キュア」は、『若草物語』の作者**ルイザ・メイ・オールコット**も試みたことがあった（図7）。オールコットは若いころ、南北戦争に看護師として従軍し、チフスに感染したことがあり、そのときの治療薬の副作用に生涯悩まされつづけていたのである。リアリストで実際的なオールコットはあまり効果のほどを認めなかったようだが、ロマンティックで空想的なフランシスにはある程度の効果があったようである。一か月ボストンに滞在したあと、フランシスはスワンがおどろくほど体力を回復していた。

ちょうどボストン界隈では、宗教家メアリー・ベイカー・エディがはじめた**「クリスチャン・サイエンス」**という新興宗教が流行りだしたところだった。のちに「金ぴか時代」とよばれるアメリカの拝金主義の時代に心を病む人々が現れ、このような**ニュー・ソート**に引きつけられていたのである。フランシス自身は、エディの著作を読んではいたが、宗教として認めたわけではなく、クリスチャン・サイエンス教会に入信はしなかった（のちに息子のヴィヴィアンは妻とともに信者となっている）。心の問題に悩んだフランシスは、ほかの多くの人々同様ニュー・ソートに傾倒し、このころはインド哲学の本にも親しんでいた。

「クリスチャン・サイエンス」
一八七九年、アメリカのボストンで創設されたキリスト教の新派。メアリー・ベイカー・エディが霊感を受けてはじめたもので、すべての人間の病気は心的なものでそれを直すためには神とつながり霊的理解を経ねばならないと考えた。

ニュー・ソート
一九世紀アメリカにおこったキリスト教の新潮流。プロテスタントのカルヴァン主義の現世否定的な傾向を批判しておこった。人間の意識は宇宙とつながっていると考え、その根拠を聖書に求める。催眠治療家フィニアス・クインビーの思想からはじまったといわれ、エマーソンの哲学の影響を受けて広まり、ニューエイジなど、カウンターカルチャーの源流になった。

著作権問題

流行作家となったことへの弊害はまだあった。それは著作権にまつわるものである。『ロウリー家の娘』が出版されるや、無許可でこの物語をベースにした芝居が四本、ロンドンの舞台にかかった。「リズ」と題名を変えたものもあった（図8）。このころ、小説を戯曲化するのにもともとの作者を守る著作権が定められていなかったため、流行小説はともすればこういう憂き目にあったのである。舞台からあがる収益に、原作者が恩恵を受けることができないうえ、どんな改変をされても文句をいうことができなかった。これに対抗できる唯一の策は、作者が自ら脚本を書き、さっさと舞台にかけてしまうことだった。出版されたばかりの本の上演権を手にいれるために、著者がかたちばかりの朗読劇をやっておくということもあり、これは「コピーライト・パーフォーマンス」とよぶ。

というわけで、フランシスは戯曲を書くこともはじめる。彼女は『ロウリー家の娘』を含め、都合一三本の脚本を書いている。舞台化になれば、俳優とも語りあい、演出をつめ、練習にも本番にも立ち会って監督をおこなわねばならない。しかも公演はたいていの場合ロンドンとニューヨーク、またボストン、と場所を変えて興行を続けるのだから、フランシスの仕事はふえ

図8　ジョーンは私生児を生んだリズの味方になり世話を引き受ける（『ロウリー家の娘』より）

るいっぽうだった。このことから彼女は演劇界にもつきあいがふえ、ますます華やかな世界にふみだしていく。

「シャーロック・ホームズ」を舞台で最初に演じたことで有名な俳優の**ウィリアム・ジレット**とはとりわけ親しくつきあい、一八八一年の「エスメラルダ」の脚本は、彼との共同執筆となっている（図9）。舞台上演権については、フランシスは歴史にのこる大きな改革をしてのけたのであるが、それはあとでくわしく述べる。

イギリスとアメリカでの出版についても、著作権の取り決めは曖昧なところがあった。当時、**ヘレン・バンナーマン**の『ちびくろサンボ』の海賊版がアメリカで流通し、結局この版が差別問題の端緒となったのは周知の事実であるが、**ビアトリクス・ポター**の絵本も、この時期、アメリカの海賊版が出まわった。著者が外国人である場合、出版時に著者が大英帝国内にいれば、

図9　アメリカの俳優ウィリアム・ジレットの肖像

ウィリアム・ジレット
William Hooker Gillette
一八五三―一九三七。アメリカの舞台俳優・演出家。アーサー・コナン・ドイルの人気作「シャーロック・ホームズ」役に抜擢され、インバネス・コートやパイプなど、一般的に知られているホームズのイメージをつくりあげたが、それらは原作にはないものであった。彼の演じたイメージが定着したのは、アメリカで挿絵画家フレデリック・ド・スティールが彼をモデルにホームズ像を描いたからということもある。

ヘレン・バンナーマン
Helen Bannerman
一八六二―一九四六。スコットランドの絵本作家。『ちびくろサンボ』（一八九九）などの絵本で知られる。絵も自分で描いていたが、アメリカで出まわった海賊版にはフランク・ドビアスが、南部の黒人奴隷風の挿絵をつけたため、これが黒人に対する差別を助長するとして問題になった。

イギリスでの著作権を確実にすることができるというアドバイスを弁護士から受け、フランシスはわざわざ、当時英領だったカナダまで出向いてアリバイをつくったこともあった。

新世界VS旧世界

一八八一年出版の『**美しき野蛮人**』（図10）は軽く楽しい喜劇タッチで、因習的な女性たちが暮らすイギリスの町に、非常に美しく天真爛漫な、しかしなんの伝統もわきまえないアメリカ人富豪の娘がやってくることによるてんやわんやを描いたものである。アメリカ西部の鉱山王の娘、オクタヴィアは朝から大きなダイヤモンドを身につけてお上品なイギリス婦人たちの度肝を抜き、貧乏貴族の跡取り息子のハートを射抜く。だが、結局、大騒動を巻きおこしたあとで、彼女はアメリカからむかえに来たたくましい恋人とともに故郷に帰っていくのである。

ここには典型的に、旧世界と新世界の対立が描かれている。ヨーロッパにおけるアメリカ人というテーマは、この時期の流行りだった。アメリカ娘の恋愛を描いたヘンリー・ジェイムズの『**デイジー・ミラー**』はその典型であるが、悲劇におわるデイジーの運命とはちがい、オクタヴィアは天真爛漫なまま、幸せにイギリスをあとにする。

ビアトリクス・ポター
Helen Beatrix Potter
一八六六―一九四三。イギリスの絵本作家。『ピーターラビットのおはなし』（一九〇二）など動物が活躍する絵本を多数書いた。

『美しき野蛮人』
A Fair Barbarian. 1881.

図10　『美しき野蛮人』表紙

『デイジー・ミラー』
Daisy Miller. 1878.

図11　アメリカの小説家ヘンリー・ジェイムズはフランシスと親しい仲だった

イギリス生まれで晩年アメリカに帰化したフランシスと、アメリカ生まれでのちにイギリスに帰化したジェイムズは、正反対の道を歩んでいるように思われる。個人的にも知り合いであり、とくにイギリスではしばしばつきあいがあったふたりであるが、ジェイムズはモダニズムの作家として文学史にのこり、フランシス・H・バーネットの作品は忘却されてしまった。一九世紀末においてはフランシスのほうが圧倒的に人気作家であり、稼いでもいたにもかかわらず（図11）。

この作品のみならず、後期の長編『杼《ひ》』は、ふたりのアメリカ人姉妹がイギリスでイギリス人と結婚する話であり、『T・ティンバロン』は小公子セドリックのおとなバージョンといった物語で、新世界VS旧世界というテーマが、いか

『杼《ひ》』
The Shuttle. 1907.
『T・ティンバロン』
T. Tembarom. 1913.

"'SHALL I BE YOUR BOY, EVEN IF I'M NOT GOING TO BE AN EARL?' SAID CEDRIC."

図12　伯爵を支えるセドリック（『小公子』より。絵はレジナルド・バーチ）

にフランシスのこだわりであり、得意分野であったかを示している。そのほか、短編にもこのシチュエーションはしばしば見られる（図12）。

「あなたはアメリカ人ですか、イギリス人ですか」という質問は、くりかえしフランシスに投げかけられた。しかし彼女はつねにその答えをはぐらかしつづけた。アメリカにいるときにはイギリス出身を気取り、イギリスにいるときはアメリカ人を演出する。そうやってフランシスはいつもふたつの国の境界線を行き来する、そのこと自体をアイデンティティにしていた。ちなみに「杼《シャトル》」という題名も、英米を行き来する人々が織りなす布をイメージしたものであった。

だが一八八六年のはじめての子ども向けの長編『小公子』ほど英米のあいだの境界線の問題を描き、大西洋の両岸で熱狂的な読者を得、英米の絆を結びなおしたといわれる作品はほかにない。また、これはフランシスの運命を大きく変えた作品でもあった（図13）。

『小公子』
Little Lord Fauntleroy. 1886.

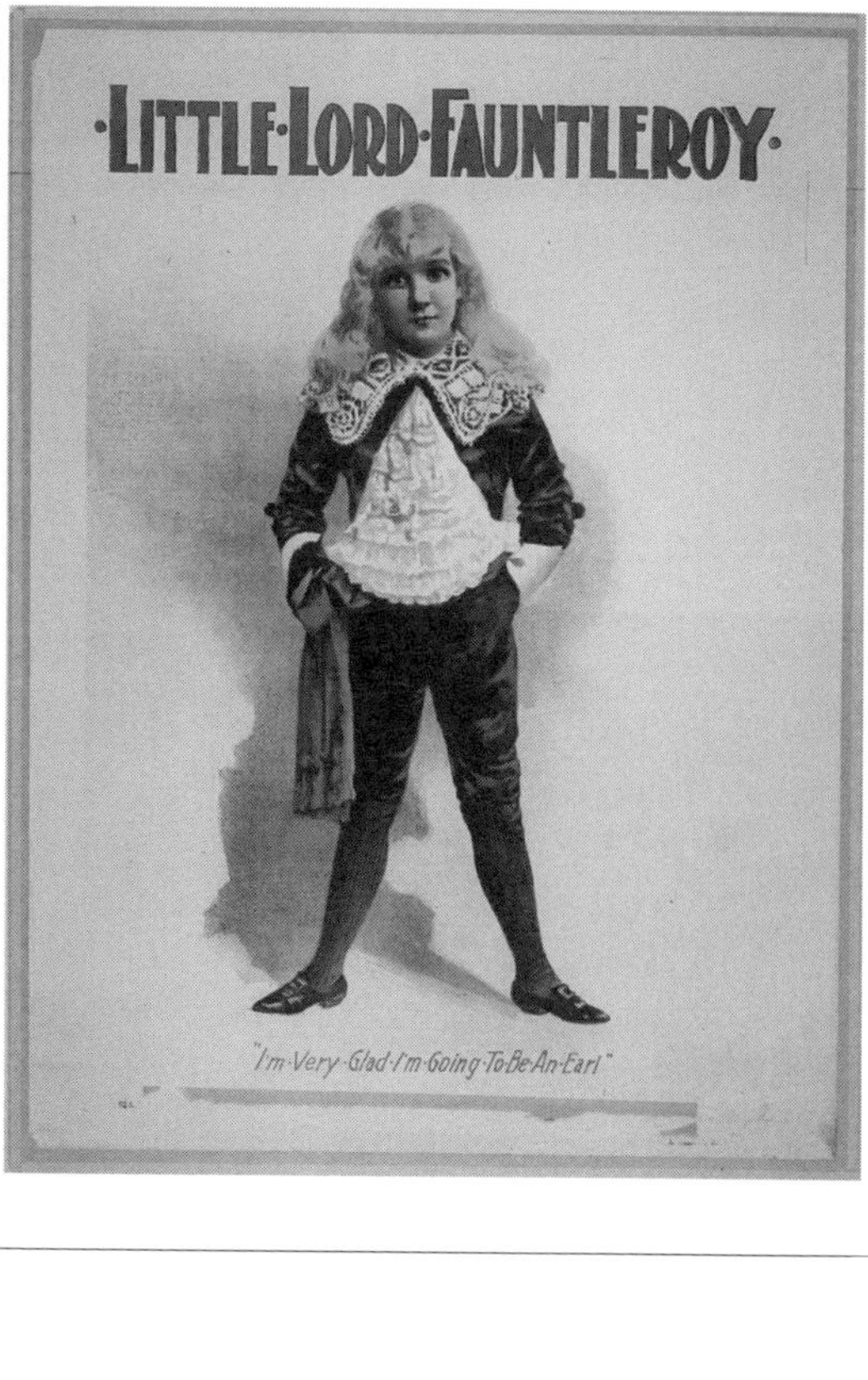

図13　『小公子』舞台の宣伝

第5章　児童文学との出会い

ボストンにて

さかのぼって一八七九年のこと、フランシスはボストンにあるパピルス・クラブという作家の集いに招待された。このクラブはジョン・ボイル・オレイリーが主催し、ルイザ・メイ・オールコットや**マーク・トウエイン**、ハリエット・ビーチャー・ストウ（図1）など、東部の作家たちが所属していた。フランシスははじめてこのような文学サークルでの講演を頼まれて、非常にうれしく思いつつ緊張していた。

このあと、ずっと姉妹のようにつきあうことになるキティ・ホールとその家族と知り合いになったのも、このボストンでのことだった。芸術家一家であるホール家の姉妹たちは、フランシスにほかでは得られない洗練と文化の世界を味わわせてくれた。彼女たちは長い髪を結わずに背にたらし、ゆるやかなドレスを着て出歩き、ヨーロッパの風をまとっていた。フランシスとキティはたがいに家を行き来し、離れているときも文通を続け、おたがいに心を打ち明けられる相手になった。フランシスがヨーロッパに出かけたときは、

マーク・トウェイン
Mark Twain
一八三五―一九一〇。本名サミュエル・クレメンス。アメリカの小説家。『トム・ソーヤーの冒険』（一八七六）、『ハックルベリー・フィンの冒険』（一八八五）などの著書がある。

図1　ハリエット・ビーチャー・ストウの肖像

キティはつきそい《コンパニオン》として同行し、ライオネルとヴィヴィアンをあずかって面倒を見ることもあった。

このころからフランシスは自分のことを「フラッフィー《ふわふわ》」と名乗ることが多くなった。そして友人たちからも愛をこめて「フラッフィー《ふわふわさん》」とか「フラッフィーナ」とよばれた。フランシスがふわふわひらひらしたドレスを好んだためであり、また赤褐色の髪がいつもふわふわとカールしていたからでもある。だがいっぽうで、このひらひら好みはのちのち、マスコミの批判の対象にもなる。

血がつながった妹ふたりはもちろん、フランシスにはキティのような女性の友達が多く、心の支えとなった。演劇関係で知り合ったエリザベス・マーブリー、イタリアでガイド役をして以来秘書がわりをつとめてくれたルイザ・チェリーニらである。

七〇冊にのぼる小説のなかで、じつは彼女は男女間の恋愛を描くより、親子愛（とくに父と娘、母と息子）や、同性間の友情と共感を描くときのほうが筆の冴えが見られる。それは、このようにフランシス自身の経験にも依拠するのかもしれない。そして恋愛より家族愛の描き方に長けていたことは、彼女に児童文学の領域での名声を長続きさせた理由のひとつかもしれない。

ボストンでの出会いはそのほかにもフランシスに大きな変化をもたらした。ここで彼女は一八七三年、スクリブナーズ社からアメリカで最初の児童雑誌

「セント・ニコラス」を創刊した編集者、**メアリー・メイプス・ドッジ**（図2）に出会う。彼女は作家でもあり、**『銀のスケート　ハンス・ブリンカーの物語』**という子ども向けの物語で知られている。彼女が編集する「セント・ニコラス」は、質のいい作家の粒よりの作品を掲載し、アメリカの児童文学をおおいに進展させた（図3）。

ドッジは「セント・ニコラス」誌のために優れた書き手を探しており、すでに名の知られた作家たちを次々児童文学の世界に誘っていた。そのなかには、マーク・トウェイン、ルイザ・メイ・オールコット、イギリスの作家である**ラディヤード・キプリング**なども含まれる（図4）。ドッジのすすめでフランシスがはじめて子ども向けに書いた短編が、**「白いレンガべいのうしろ」**である。そのころ、おとな向けの長編小説に体力を消耗しきっていたフランシスも、子ども向けの物語は比較的すらすらと楽に書けるようだった。だが本格的な長編にかかるのにはまだ時間がかかった（図5）。

図3　メアリー・メイプス・ドッジの書斎。彼女の尽力でアメリカの児童文学の質は向上した

メアリー・メイプス・ドッジ
Mary Mapes Dodge
一八三八―一九〇五。アメリカの児童文学作家、編集者。

図2　メアリー・メイプス・ドッジの肖像

『銀のスケート　ハンス・ブリンカーの物語』
Hans Brinker or the Silver Skates. 1865.

ラディヤード・キプリング
Joseph Rudyard Kipling
一八六五―一九三六。イギリスの詩人・作家・ジャーナリスト。インド生まれで『ジャングル・ブック』（一八九四）などインドを舞台とした小説や帝国主義的な詩で知られる。

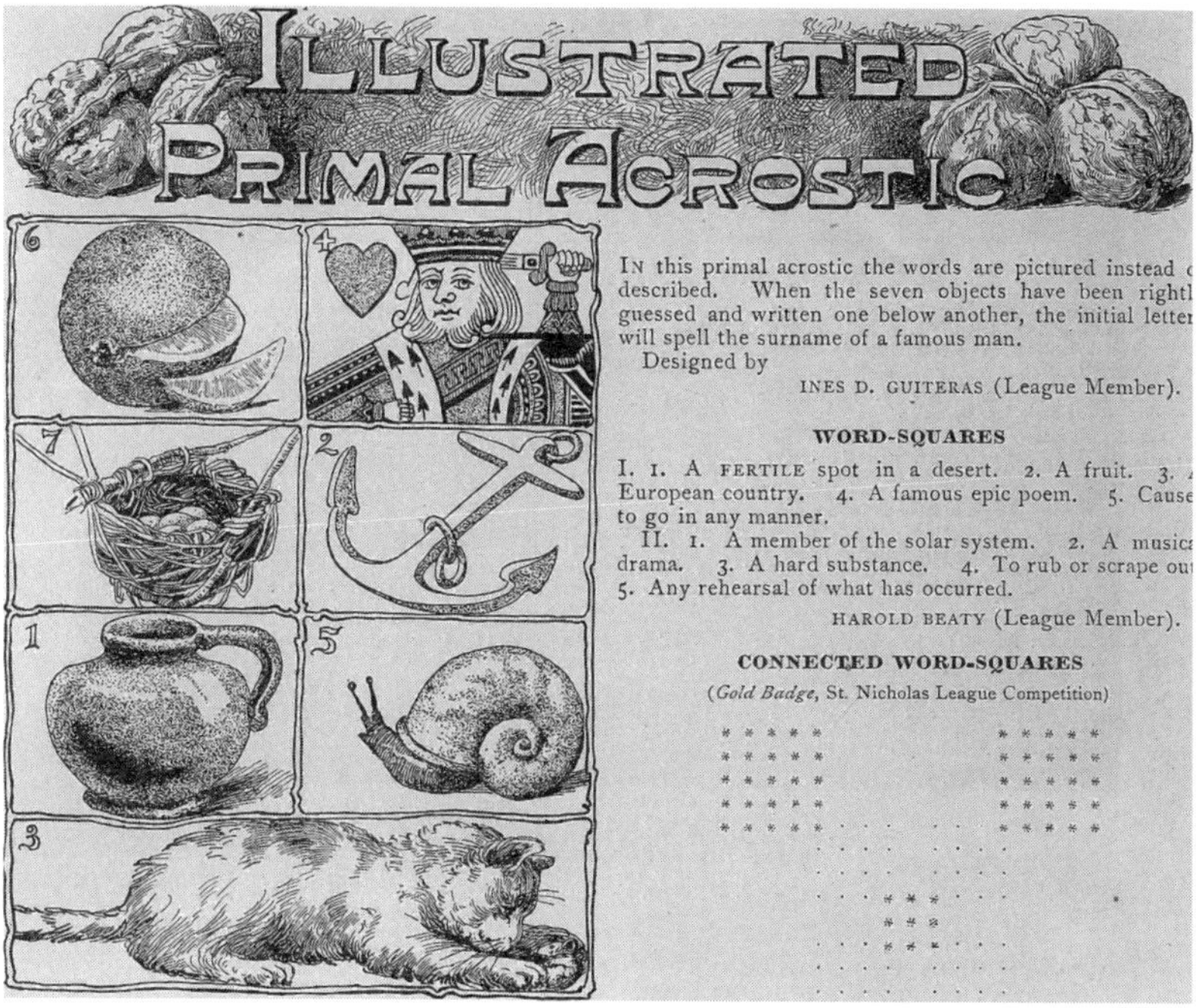
ILLUSTRATED PRIMAL ACROSTIC

IN this primal acrostic the words are pictured instead o
described. When the seven objects have been rightl
guessed and written one below another, the initial letter
will spell the surname of a famous man.
Designed by
INES D. GUITERAS (League Member).

WORD-SQUARES

I. 1. A FERTILE spot in a desert. 2. A fruit. 3. A
European country. 4. A famous epic poem. 5. Cause
to go in any manner.
II. 1. A member of the solar system. 2. A musica
drama. 3. A hard substance. 4. To rub or scrape ou
5. Any rehearsal of what has occurred.
HAROLD BEATY (League Member).

CONNECTED WORD-SQUARES

(*Gold Badge*, St. Nicholas League Competition)

図4　アメリカで最初の子ども向け雑誌「セント・ニコラス」のクイズ欄

「白いレンガべいのうしろ」 *Behind the White Brick.* 1881

図5　『キャプテンの末っ子そのほかの短編集』表紙。子どものための物語集である

ふたりの息子

ライオネルとヴィヴィアンは母親の留守には慣れていたし、仕事を抱えた母の体調や集中力を必要とする執筆のことも承知していた。とはいえ、ふたりとも寂しいとうったえ、帰ってきてくれとしばしばボストンに滞在するフランシスに手紙を書いている。『小公子』の主人公セドリックと同様、母のことを「ディアレスト」（いちばん愛する人）とよびはじめたのは、息子たちのほうであり、よくいわれているようにフランシスが強制したわけではけっしてない。彼らは母親を、大事な壊れやすい人形であるかのようにあつかい、気高い女神であるかのように崇拝していた。

フランシスも離れているときは頻繁に手紙を書き、ときには子どもにはあまりにも高価であるようなものを買いあたえた。ライオネルは科学の実験セットをねだって買ってもらったし、兄弟で、ほぼ本物として使える印刷機を所有し、出版社ごっこをしていたこともある。

ふたりはワシントンの市街を走りまわって遊

図6　セドリックとニューヨークのリンゴ売りのおばあさん（『小公子』より。絵はレジナルド・バーチ）

び、セレブから使用人階級までさまざまなおとなたちにかわいがられた。ライオネルはどちらかというと内向的な性格であったが、ヴィヴィアンは人見知りせず、誰にでもなついた（図6）。三歳のとき、彼は物乞いに来た黒人の女性にパンをもちだしてごちそうし、「レディがおなかがすいたというから」と説明したことがあった。バーネット家で雇われている黒人コックは、ヴィヴィアンを民主党のたいまつ行列を見に連れていってくれたこともあった。やがてかたちを変えて『小公子』にもちいられるエピソードである（図7）。

図7　セドリックとニューヨークの食料品店のホッブスさん（『小公子』より。絵はレジナルド・バーチ）

一八八四年、ボストンからキティ・ホールがたずねてきたとき、ふたりはまだ小学生らしいショート・カットではなく、長い巻き毛が肩にかかっていた。フランシスはその髪をとかし、カールペーパーで巻きながら退屈しないようにお話を語ってきかせるのだった。これは内々で「ヘアー・カーリング・ストーリーズ」とよばれていた。ヴィヴィアンは八歳、ライオネルは一〇歳。キティが心楽しくワシントンに滞在していたとき、なにげなくフランシスが息子たちに語ったのが、イギリス貴族になったアメリカ生まれの少年の物語だった。そのときからフランシスはほどけるように、スランプを脱し、ふたたび執筆をはじめた。

『小公子』

一八八五年、フランシスは「セント・ニコラス」誌にこの『小公子』の原稿を送った。読むとすぐさまこの物語の稀有な魅力に気づいたドッジは、通常の原稿料の二倍に近い、一ページにつき二五ポンドを支払うことに決め、イギリス生まれの画家レジナルド・バーチに挿絵を依頼した。フランシスは白いレース襟がついたベルベットのスーツを着たヴィヴィアンの写真を画家に送り、バーチは忠実にその姿をページに再現した（図8）。

連載は一一月にはじまり、即座に熱狂的な反応でむかえられた。連載中はもちろん、一八八六年にアメリカとイギリスで単行本として出版されると、この本は空前のヒット作となり、たちまち数万部が売り切れ、数か国語に翻訳された。英米はもちろん、パリの街中ですら、セドリックという名前を知らないものはいないくらいだった。児童文学雑誌に掲載されていたにもかかわらず、この本は子どもにもおとなにも同じくらい愛された。当時は現在ほど子どもの本とおとなの本に境目がなかったとはいえ、これほどその境界線をこえた本はなかなかない。また、アメリカで暮らす少年が、その自由な気風と無邪気な心で、イギリスの偏屈な貴族の祖父を懐柔するという筋書きは、アメリカ人にとってもイギリス人にとっても心地よい、一種の政治的寓話――古い国と新しい国の和解の物語であった（図9）。

主人公にちなんでフォントルロイ・スーツとよばれるようになったベルベットのスーツは、大西洋の両岸で大流行し、母親たちはこの服を息子に着せて自分も「ディアレスト」とよばれたいと願った。しかしいっぽうでこのスーツを強要された息子世代は「女みたいなレースとベルベット」を嫌って母親をうらみ、この物語を嫌がったという事実もある。バーチの絵のモデルになったヴィヴィアンは、一生フォントルロイ公セドリックの肖像を重ねてくるマスメディアに迷惑しつづけた

図9 『小公子』表紙

図8　ヴィヴィアン・バーネットの少年時代の写真。フォントルロイ・スーツを着ている

図10　イギリスにいって離れ離れになっていた母と再会するセドリック（『小公子』より。絵はレジナルド・バーチ）

（図10）。

現在、『小公子』はフランシスの児童文学作品のなかではあまり人気がない。セドリックがあまりにも理想的にいい子でありすぎ、物語の筋があまりにもご都合主義的であるというのがおもな理由のようだ（当時はまったく瑕疵《かし》とはみなされなかった要素である）。また、出版当時、あまりに売れすぎたため、そのあとのフランシスの作家としての道を狭めてしまったという見解もある。この世紀のベストセラーは、のちのち彼女の足を引っぱりつづけ、この作品しか知らない人に誤解されることまであった。とはいえ、『小公子』の物語自体の完成度の高さがきわだっていることは否定できない（図11）。

図11　イギリスに船出するセドリックを見送りに来るディック。このような船旅はフランシスのくりかえしの経験から描かれている（『小公子』より。絵はレジナルド・バーチ）

ふたたびロンドンへ

フランシスが三九歳のとき、バーネット一家はワシントン市内で新しい家に引っ越したが、不運なことに火事がおこり、一家は焼けだされてしまった。長いあいだイギリスにもヨーロッパにもいくことができないでいたフランシスは、家を失ったのを契機に、ふたりの息子を連れてロンドンへ旅立った。仲良しのキティ・ホールがコンパニオンとして同伴した。子どもたちもキティおばさんが大好きだった。ちょうどロンドンはヴィクトリア女王の即位五〇周年記念祭典でにぎわっていた。イギリスにきてフランシスは生きかえったように元気になり、ロンドンにある家に住み、夏はサフォークやケントの田舎のコテージを借りてアウトドア生活を楽しんですごした。

そのあいだも、『小公子』は版を重ねつづけ、印税はどんどん入ってきた。「セント・ニコラス」誌では、続いて**「セーラ・クルー」**の連載もはじまっていた（図12）。

「セーラ・クルー」
Sara Crewe. 1888.

図12　貧しい境遇に転落したセーラと学校長のミンチン先生（『セーラ・クルー』より。絵はレジナルド・バーチ）

フランシスは息子たちを紳士に育てたいという野心があった。このままふたりを父スワンのような狭い世界で満足する人間にはしたくなかったのである。彼女は、快適な中産階級の暮らしから転落した過去をもつだけに上昇志向が強く、いまや快適な中産階級以上に到達したものの、まだ上を望んでいた。そのために、フランシスはふたりをヨーロッパの学校に入れたかったのである。キティを伴い、息子たちを連れて、フランシスはパリへおもむいた。息子たちをフランスの学校に入れ、将来はオックスフォード大学にでもケンブリッジ大学にでも、ハーバード大学にでもいけるように教育を受けさせるつもりであった。パリはふたりの息子が幼児期をすごした地でもある。フランシス自身は、イタリア語とフランス語を習いはじめており、イタリアへ向かった。

ヴィヴィアンはフランスの学校にすんなりなじんだが、より繊細なところのあるライオネルのほうは、外国生活に適応できず、登校拒否におちいってしまった。この状況は、フランシスだけでは乗り切れなかったかもしれない。危機を救ってくれたのは、ルイザ・チェリーニという女性だった。彼女はフランシスの語学のチューターとしてつきそっていた女性で、イタリア語、フランス語に長けていただけでなく、子どもたちをあつかうのも非常にうまく、多岐にわたって有能であるうえ、フランシスの家族に献身的につくしてくれた。家庭教師兼子守り兼付き添い兼ガイドというような役割を引き受けたルイザは、ライオネルをうまくとりなし、その後、フランシスがどこにいくときも同行する秘書的な役割をはたすことになる。

フィレンツェでは作家や著名人が冬をすごしており、そのなかには作家の**ウィーダ**もいたが、フランシスは彼女とはあまりうまくいかなかった。イギリスの首相グラッドストン夫妻と出会ったのもこのフィレンツェであった。フランシスは夫妻とランチをともにし、グラッドストンはこのとき、『小公子』について、イギリスとアメリカの懸け橋になってくれたすばらしい作品だと称賛した。フランシスはとてもよろこんでそのことばを手紙に書いているが、その後おこった事件のため、それ以上首相夫妻とのつきあいを深める暇がなかった。

ウィーダ
Ouida
一八三九―一九〇八。本名マリー・ド・ラ・ラメー。イギリスの作家。数多くの人気小説を書いたが、いま知られているのは子ども向けの『フランダースの犬』（一八七二）くらいである。

本物の小公子とにせの小公子

その事件というのは、ロンドンのE・V・シーボルムという男からの手紙だった。その内容にフランシスは非常にショックを受けた。彼が『小公子』を舞台化し、ロンドンで上演をはじめるという知らせだったからである。セドリックを演じるのは、フランシスよりも体格が大きいような、おとなの女優だった。もちろんフランシスの著作権は無視である。あわてて彼女が書いた手紙にこたえてシーボルムはフィレンツェまでやってきて、興行収入の半分を提供しようと申しでた。もちろんフランシスはキッパリとこれを断った。なにがなんでもこの上演は食いとめたい、と彼女は即刻ルイザを伴ってロンドンへ向かった。正式に裁判にもちこんで、著作権を守るつもりであった。パリにいる息子たちのことは信頼できるキティにまかせて、フランシスは汽車のなかでペンをとり、自ら『小公子』の戯曲を書きはじめた。

ロンドンでフランシスは弁護士をたのみ、訴訟にもちこんだが、これはなかなか困難な戦いだった。これまでも幾度か味わってきたことだが、作者の許可を得ずにその作品を舞台化することを禁じる法律はまだなかったからである。シーボルムのやったことはまったく合法であった。訴訟が進むかたわらで、フランシスは粛々と自らの戯曲を上演する準備を重ねた。シーボルムの芝居はプリンス・オブ・ウェールズ劇場にかかっていたが、フランシスはテリー劇場をおさえ、「本物の小公子」という題名でシーボルムに挑戦しようとした。「本物の小公子」では、ヴェラ・ベリンガーというわずか七歳の少女がセドリック役を演じ、その後セド

図13　イギリスでセドリック・エロルを演じた少女俳優、ヴェラ・ベリンガー

ラッセル・ローウェル
James Russell Lowell
一八一九—一八九一。アメリカのロマン派詩人・評論家。『ビッグロー・ペーパーズ』（一八四八）などの詩集がある。

リックは少女俳優が演じるという長い伝統の嚆矢となった（図13）。
「本物の小公子」初演の前日、フランシスのうったえは認められ、シーボルムは著作権違反という判決を受けた。この余韻は大きかった。「にせもの」に勝利した「本物の小公子」はそれから二年間、イギリス中をツアーすることになり、空前の人気を博した。ヴェラの愛らしさと子どもとは思えない演技力も大きな魅力だった。また、今回の件で法が改まり、今後著者は自分の作品の舞台化について権利を認められることになったのである。英国著者協会《ソサエティ・オブ・ブリティッシュ・オーサーズ》は感謝の気持ちをこめて晩餐会をひらき、フランシスにダイヤの腕輪と指輪を記念として贈呈した。このパーティには作家の**ラッセル・ローウェル**、**ジェローム・K・ジェローム**、**ウィルキー・コリンズ**、**ライダー・ハガード**らが出席し、詩人の**テニソン**は祝電をよこした。

キティと息子たちとロンドンで合流したフランシスは、ケントの海辺へ遊びにいったあと、ほぼ二年ぶりにアメリカへ帰る。彼女ののった船がアメリカに着いたとき、雑誌社の報道陣が一行をとりまき、行く手をさえぎってインタビューしようとした。じつはこの航海中、くだんのシーボルムという男が自殺しており、そのことでフランシスに意見を求めようと集まってきたのである。フランシスはあの男が自殺するような人間には思えないと切り返してその場を去った。シーボルムが本当に自殺したのか、そうだとしてなぜ自殺したのかはわかっていない。

ジェローム・K・ジェローム
Jerome Klapka Jerome
一八五九—一九二七。イギリスの作家。『ボートの中の三人男』（一八八九）などのユーモア小説で知られる。

ウィルキー・コリンズ
William Wilkie Collins
一八二四—一八八九。イギリスの作家。『白衣の女』（一八六〇）、『月長石』（一八六八）などの作品で推理小説の先駆者といわれる。

ライダー・ハガード
Henry Rider Haggard
一八五六—一九二五。イギリスの作家。『洞窟の女王』（一八八七）などの冒険物語で知られる。

テニソン
Alfred Tennyson
一八〇九—一八九二。イギリスの詩人。ヴィクトリア朝でもっとも愛読された詩人のひとりである。『イン・メモリアム』（一八四九）などの詩集がある。

息子たちをワシントンのスワンのもとに送りとどけてから、彼女はまっすぐボストンのキティの家におもむいた。「小公子」の舞台がボストンでかかることになっていたからである。こちらではエルシー・レスリーという少女が主役を演じた（図14）。このとき舞台関係の仕事でフランシスに手を貸してくれたのが、エリザベス・マーブリーである。

ボストンに続いてニューヨークの舞台でもエルシーは活躍した。イギリスのヴェラと同じくその愛らしさで観客を魅了したエルシーだが、あまりの人気に昼夜公演が続き、児童に対する虐待阻止委員会が口を出すくらいであった。結局、トミー・ラッセルという少年が、水曜日のみ、代役を演じることとなった（図15）。

この劇の成功によってフランシスは週に一五〇〇ドルを稼ぐミリオネアになった。事実、生涯でこの作品によって彼女が得た金額は、少なくとも一〇万ドルをくだらないといわれている。小説出版時以上の大ブームが全米を席巻し、登場人物にあやかったさまざまなキャラクター・グッズがつくられ、飛ぶように売れていった。たとえばフォントルロイ・カード、フォントルロイ・ボードゲーム、フォントルロイ・チョコレート、そのほかあらゆる玩具にフォントルロイの名前がつけられ、販売された。フォントルロイ・スーツはいうまでもない。今度は舞台の少女俳優のイメージが強く付随してきたため、ますますこのスーツは着せられる男の子にとってはトラウマ的なものと

図14　アメリカでセドリック・エロルを演じた少女俳優、エルシー・レスリー

図15　エルシー・レスリーの人気はとどまるところがなかった

図16　手紙を書くセドリックの姿（『小公子』より。絵はレジナルド・バーチ）

なった。レース襟のついたベルベットの上着とニッカーボッカーを着せられることに反抗し、納屋に火をつけた少年がいたということも報道されている。挿絵を描いたバーチすらも、「フォントルロイ」イメージでしか認識されなくなり自分の画家人生を台無しにされたと嘆いた（図16）。

『セーラ・クルー』

いっぽう、「セント・ニコラス」に続いて連載されていた「セーラ・クルー」も好評のうちに終了し、一八八八年、英米の両国で単行本になった。この中編はフランシス自身がすぐに舞台化し、一九〇一年、『小公子』にはとどかないまでも英米両国で人気の芝居になる。やがてその舞台版をふ

図17 『小公女』舞台でセーラを演じるミリー・ジェイムズ

くらませて長編の長さとして出版したのが『小公女』（一九〇五）であり、現在よく知られている話はこちらのほうである（図17）。

小公子がヴィヴィアンをモデルにしたとすれば、セーラはフランシス自身の経験や性格をかなり反映している。物語を読むことがなによりも好きで、物語を語る天性の技をもった主人公が、運命の逆転により逆境に落とされ、忍耐強くほこり高く生きぬくうちに、救い主が現れてもとの身分に返り咲くという筋立ては、フランシス自身を描いているとも、また彼女の夢を描いているともいえる。また、どこからどこまでもいい子で誰からも好かれるセドリックにくらべ、セーラは自我が強く、プライドが高く、おとなをいいまかすことばをもった存在である。彼女を嫌う人もいるだろう（図18）。

アメリカとイギリスの和解を暗示する『小公子』に対し、『小公女』（図

図18 『小公女』表紙

19）は大英帝国の物語だ。インドから来たセーラは、植民地の富のおかげでお嬢さまであったが、その富を失ったせいで階下に追いやられ、やがてまたその富によって救われる。フランシスはインドへいった経験をもっていないが、彼女が愛読したサッカレーやコリンズなどヴィクトリア朝の小説を見れば、この手の話にことかかない（図20）。こうした見地から考えると、『小公

図19　セーラとインド人の召使が路上で出会う（『セーラ・クルー』より。絵はレジナルド・バーチ）

図20　暖炉のまえでくつろぐセーラとインドの紳士（『セーラ・クルー』より。絵はレジナルド・バーチ）

女』は、ヴィクトリア朝のイギリス小説から生まれた娘である。ヒロイン像の可能性を考えるうえでも、植民地主義小説の社会背景を考えるうえでも、二〇世紀後半になってから確実に『小公子』より注目を集めるようになったといえる。

マスコミの喧騒

いままで以上に注目を集めることになったフランシスは、彼女や彼女の息子たちのことをおもしろおかしく書き立てるマスメディアにますます悩まされるようになった。これ以前からも新聞は、この全米きっての人気女性作家をエキセントリックな変人で、着飾りすぎるし、息子たちを溺愛しすぎると批判していた。息子に「ディアレスト」とよぶように強要する、嫌がる息子たちにカールした髪とレースひらひらのスーツをおしつける、といったものは濡れ衣だった（図21）。

だがひらひらのドレスが好きだったことはたしかで、フランシスはこの時期だけでなく五〇歳をすぎても明るい色の服を着つづけていた。だがドレスの多くは彼女自身が縫ったものであり、息子やメイドの服も手縫いで仕上げる堅実なところもあった。火事で焼けだされたときには、あまりにフリルたっぷりのナイトドレスを着ていたところを目撃され批判されたが、彼女は

図21　フレディー・バーソロミューがセドリックを演じた一九三六年の白黒映画より、母子のシーン

「批判されているのは知っているの、ちょっとレースが少なかったわね」と茶化した。なかなかタフなユーモアの持ち主であったのだ。

だが、フォントルロイ・ブーム以降、マスコミのスキャンダル探しはさらにひどくなった。彼女はお買いものとドレスと、自分の感情にしか興味がない女だとか、結婚に失敗したのでほかの女性につらくあたっているとか、いくつになっても**ケイト・グリーナウェイ**風の派手なドレス（図22）を着ているとか、戯画化したマンガをのせてあることないことを書き立てた。フランシスは頑としてインタビューを拒んだのだが、これはますますフェイク・ニュースをあおることになった。

できるかぎりそういった報道は無視していたフランシスも、たまにはぶち切れて反論を表明することがあった。彼女のコメントは辛辣でユーモアがあり、不屈の精神を感じさせる。

離婚のうわさには「それが真実ならいないはずの人は、いま現在となりの部屋で読書しております」、「女性に厳しくあたる」どころか、「いつもと

ケイト・グリーナウェイ
Kate Greenaway
一八四六―一九〇一。ヴィクトリア朝の挿絵画家で、ハイ・ウェストですとんとしたギリシャ風のシルエットのドレスを着ている子どもたちの絵を好んで描き、そのドレスは彼女にちなんでグリーナウェイ・ドレスとよばれ、少女の服として大流行した。

図22　ケイト・グリーナウェイはこのような白いドレスの少女たちの絵をたくさん描いている

ても優しく思いやりのある女性たちにお世話になっております」し、「ケイト・グリーナウェイ風ドレス」については「そのようなものは一切所有しておりませんし、わたくしは気がくるってもおりません」。そのうち、ニューヨーク・タイムズのようにフェイク・ニュースを批判し、弁護してくれる新聞も現れた。

　だが、さすがに疲れはてて、ニューヨークから帰った彼女は、唐突にワシントンのマサチューセッツ・アヴェニューに二二部屋もある大邸宅を、二万七〇〇〇ドルの現金で購入した。そして家具やカーペットや壁紙をニューヨークでしつらえた。ふたつの客間があるこの家で、フランシスはルイザを秘書として雇い、出版社との交渉などいままでスワンがやってきたビジネス上のマネージメントをすべてまかせた。スワンとふたりの息子と、ようやく静かな環境で落ちつけたように見えた。この家について、フランシスはどんな意味でも「ホーム」とよべる唯一の場所だと語っている。

　しかし、のこっている息子の手紙から、一か月もたたず体調をくずした彼女は、まるで逃げるようにこの家から離れたことがわかる。しかもまもなくロンドンへ手紙を送って、ロンドンにも家を買いたいと伝えていたのだった。フランシスとスワンのあいだに生じた心理的な距離は、もう埋めることができないほど大きくなっていた。

第6章　続く悲劇

ふたたびロンドン

一八八九年、フランシスはルイザとヴィヴィアンとともにロンドンにわたった。ロンドンのレクサム・ガーデンズに、四階建てで地下室と屋根裏のある広々とした家を借りたフランシスは、とうに教師を辞めていたハッドフィールド姉妹をよびよせて、下宿の管理をまかせた。いまや大金持ちになったフランシスは、暮らしに困っている知人や親戚の世話をし、惜しげもなくお金を分けあたえ、慈善事業にもつくしはじめた（図1）。

ライオネルはそのころバスケットボールに夢中になっていたので、スワンといっしょにワシントンにとどまり、最初のうちはうまくいっていた。だがロンドンで兄と別れておとなと暮らすヴィヴィアンは退屈をもてあましてしまった。母は仕事でいそがしく、かまってくれる暇がない。ライオネルは元気な手紙をよこし、楽しくすごしているようすだったが、不吉な兆しとなる文章が、そのなかに混じっていた。「一日か二日、あまり調子がよくない日があって気分が悪かった。でもそのほかでは元気だから、心配しないでくだ

図1　フランシスの肖像スケッチ

さい」。

また、今回の渡英は、『フィリス』(原作は『**フィリッパ・フェアファックスの運命**』)という芝居の準備のためでもあった。これは、多くの知り合いを招待し、自信をもってオープンした劇だったが、不評で客の入りが悪く、すぐに閉演となってしまった。批評家にもかなり辛辣なことばをかけられて、フランシスはかなり心を痛めたようだ。なぐさめを必要とした彼女は、ここで思いもかけぬ方向にそれを求めてしまった。俳優になることを夢見るスティーブン・タウンゼントという魅力的な男性。フランシスより一〇歳年下のイギリス人医師であった。

スティーブン・タウンゼント

フランシスがスティーブンと出会ったのはこれをさかのぼる二年まえのことである。彼は、ロンドンはストランドのセント・マイケルズ教会の牧師の息子で、代々聖職者や学者の家柄の出であった。彼が生まれ育った地域はロンドンの劇場街であり、幼いころから俳優のヘンリー・アーヴィングやエレン・テリーを間近に見て育ち、舞台に強いあこがれをいだいていた。しかし、父は厳しくそれを許さず、母は優しすぎておろおろするばかりだった。悩みぬいた彼は不承不承医学部に進学するが、アマチュア俳優クラブをつくって

『フィリッパ・フェアファックスの運命』 *The Fortunes of Philippa Fairfax*. 1888.

ひそかに練習を積み、かなりの成功をおさめていた。

舞台から彼を引き離そうとした父の差し金で中国行きの船医の職につかされ、その後ロンドンやマンチェスターで医師をつとめるも、スティーブンは夢をあきらめきれないでいた。ひとつには彼が動物解剖反対《アンチ・ヴィヴィセクション》の立場をとっていたためである。当時の文化人のあいだではこの主義を貫く人が少なからずいたのだが、医師としてはそういうわけにはいかない。すでにこのころから彼は自分の人生は失敗続きだと思いこんでいた。

偶然、スティーブンが出ている舞台を見ていたフランシスは、知人に紹介された彼の境遇にひどく同情した。若者が胸にいだいた野心を、家族の無理解がおしつぶそうとしている……この話は彼女の心を打った。またもや彼女は同情心を愛情と読みまちがえたのだ。スティーブンは若くハンサムな二九歳、フランシスはこのとき三九歳で、ほとんど別居状態とはいえ、既婚で子持ちの身だったにもかかわらず。とりあえず彼女は彼を自分のビジネス・マネージャーとして雇い、俳優の道を歩ませてやろうと考えたのであった。

「ドリンコート」での事故

夏になると、バーネット家はさらにばらばらになってしまった。スワンはベルリンで医学学会があるのでドイツへ出かけ、ライオネルはたったひとり、アトランティック・シティの寄宿舎で夏をすごすことになった。彼はそこで泳いだり写真を撮ったりして新しい友達をつくり、楽しくすごしているようだった。

フランシスはロンドンを離れ、避暑に出かけることにした。ちょうど、ベラギオという不動産会社がサリー州にバンガローを建て、そのなかのひとつを、宣伝効果をねらって小公子の祖父伯爵の領地にちなみ「ドリンコート」と名付け、フランシスに提供していた（図2）。ここで夏をすごすことに決めたフランシスは、スティーブンを招き、ヴィヴィアンとルイザと、数人の使用人とともに出かけたのであった

彼女は馬を購入し、ゴードンと名付けて乗馬を楽しんでいたが、この馬はなかなか手ごわいつわものだった。いそがしさにかまけて、フランシスはライオネルへの手紙をあまり書かなくなり、ライオネルはそれをうったえて寂しいと何度も手紙を書いた。そのなかで、ライオネルはまえの夏にわずらったインフルエンザとマラリアの後遺症だったのか、息が切れるなどの症状をうったえている。だが誰もそれが大病の前兆だとは思わなかった。

あるとき乱暴な馬のゴードンに馬車をつないで、駅へスティーブンをむかえにいこうとしたフランシスは、暴れだした馬に振り落とされ、ひどいけがを負ってしまう。倒れている彼女を助けおこし、近所の家に運びこんだスティーブンは、それから三か月にわたって彼女の主治医として、側につきした

図2　伯爵の領地のなかのドリンコート村。これにちなんで地所に名前がつけられていた（『小公子』より。絵はレジナルド・バーチ）

がい看護することになった。

フランシスは頭を打って脳震盪をおこし、三日間意識を失っていた。ようやく「ドリンコート」に移されてからもめまいや頭痛をうったえ、ひどい抑うつ状態におちいった。まるで彼女の性格の明るく楽天的で創造的な部分がそがれおちてしまったようだった。九月になって旅行ができるようになると、ロンドンにもどるが調子はもどらず、スティーブンと看護師がつきそって、一二月には南仏からローマへ療養のために出かけた。ヴィヴィアンは夏のおわりに、ドイツから帰るスワンとともにワシントンへ帰っていた。この事故と、続く体調不良はフランシスの、スティーブンへの依存を一歩おしすすめる結果となった。

ライオネルの発病

フランシスがローマで療養生活を送っているころ、ワシントンでは、ヴィヴィアンとライオネルのふたりが、買ってもらった電気実験の器具や、本物そっくりの印刷機に夢中になっていた。はじめて週刊誌を印刷したその日、しかし、ライオネルは病に倒れた。はじめ、それはインフルエンザと診断された。ワシントンではかなりの規模の流行がみられた病気である。しかし、専門医がくわしく診断したところ、ライオネルの病気は急性結核であり、すでに手のつくしようがなかったのである（図3）。

　ライオネルはつねに兄弟のうち、ずっと繊細で感じやすく、母の度重なる不在のたびに、憂うつな気分におちいる過敏《かびん》な少年だった。幼いころからヴィヴィアンはバラ色の頬をしていたが、ライオネルは象牙のように色白だった。知らせを受けとったローマのフランシスは真っ青になり、あわててライオネルに手紙を送る。それに対しライオネルは、僕のことは心配しないで、「ディアレスト」はよくなるまでゆっくりしていて、と健気な返事を送っている。

　一八九〇年のイースターには、フランシスはワシントンにもどり、一年ぶりで死の床にある息子に対面した。もう見こみのない息子に、どうしたらこわがらず死出の旅に出ていく準備をさせてやれるか、悩んだフランシスは心を決めた。死に直面することはすまい、と。彼女はライオネルにいっさい病状を話さず、絶対に知らせないと誓った。

　必死で治療法を探しまわったがその努力もむなしく、国内での医療に絶望したフランシスは、南ドイツのゲベルスドルフのサナトリウムへ、ライオネルを連れていくことにした。ヴィヴィアンとルイザを伴い、サナトリウムで看護師を連れたスティーブンと合流した。その時点からスティーブンは主治医として最後までライオネルの治療にあたる。スティーブンは、ヴィヴィアンにはあまり好かれていなかったが、ライオネルには優しく、結構なつかれ

図3　ライオネル・バーネットの肖像写真

ていた。子どものまえでは優しい――まだフランシスはスティーブンの真の姿を知らなかったのだ。

しばらくして一行はやはり保養地であるマリエンバードに向かうが、学校がはじまるヴィヴィアンだけはワシントンにもどった。だがマリエンバードは寒すぎ、フランシスらはパリに向かう。ライオネルの病状は悪くなるいっぽうであったが、フランシスはパリのアパートからロンドンへ行き来した。療養の旅や高価な薬、治療代、パリのアパート代、使用人の給料、そのほかいくらでもお金が必要だったからだ。ロンドン行きにはスティーブンがついていき、最初の予定より長い滞在になった。それは、フランシスがライオネルのために高価なお土産を山のように買い求めるためだけではなかっただろう。

ライオネルはほしかったものすべてを手に入れたが、お金では買えないひとつのものだけ――健康な命――は手に入らなかった。ある日、彼は、気分はいいが眠くてたまらないといい、うとうとと一日中眠っていた。翌一二月七日の朝、小さな咳をして、看護師がかがみこんでようすを見たところ、彼はもう息を引きとっていた。享年一六歳、ライオネルはパリのサンジェルマン墓地に葬られた。悲しみのあまりフランシスは茫然自失としていたが、ルイザが無理に彼女をイタリアに連れだした。

それからというもの、フランシスは二度とこの喪失から立ちなおることができなかった。彼女が過保護なまでに愛し、それでいて放任していたはじめての息子ライオネル。床にふした青白い病気の少年のイメージは、のちのち『秘密の花園』のコリンとして現れる（図４）。そこでフランシスは少年が回復する物語を書いたが、それは一〇年以上のちのこととなる。

図４　ラスト近くで庭からかけだしてくるコリンの元気な姿（『秘密の花園』より。絵はチャールズ・ロビンソン）

慈善事業

ルイザとともに、イタリアのサンレモにホテルをとったフランシスはそのあと、喪服に身をつつんだまま幽霊のようにヨーロッパをさまよった。その姿は、のちの『秘密の花園』の、妻を失った悲しみから立ちなおれないクレーヴン氏を彷彿とさせる。スワンは長男の死を知らされたが葬儀に来ることはなかった。

傷心のままロンドンにもどったフランシスは、憑《つ》かれたように恵まれない子どもたちへの救済事業にのりだした。本、果物、花、服などをもって子ども病院を訪問し、多額の寄付を申しでた。ライオネルからのプレゼントだといって、背骨に障害のある少女のために特別な車椅子を寄付したり、結核の少年を海辺へ保養にいかせたり、そうして自分が息子を救えなかったことへの償いをし、なんとか心のなぐさめにしようとしたのだった（図5）。

毎日毎日、あふれる涙がとまらず、落ちこんでいく心をはげまし立ちなおるためには、なにかに一生懸命になるしかなかった。このころ、レクサム・ガーデンズの彼女の家には、作家のヘンリー・ジェイムズもお悔みのためにおとずれている。

もうひとつ、彼女が力を入れた慈善事業に「ドルリーレーン・ボーイズ・

図5　ニューヨークの下町で靴磨きをするディック。英米ともに貧しい子どもたちが街にはあふれていた（『小公子』より。絵はレジナルド・バーチ）

クラブ」があった。もともとは子どもたちがつくった組織だったのが、いまは七〇数名の集まりになっており、ラッセルコートの教会の部屋を借りて、ゲームや遊びをやっていた。フランシスの手紙でこれを知ったヴィクトリア・メアリー王女が援助を申しでてくれて、一八九二年正式にオープンし、フランシスはたくさんの本を寄贈して、「ライオネル読書室」をつくった。こうした慈善事業のかたわら、彼女はずっと、いまは亡きライオネルに手紙を書きつづけ、悲しみを吐き出しつつ、こうしたことを報告もしていた。

自分自身のけがの際も、ライオネルを看取る際にも、力をつくしてくれたスティーブンの夢をかなえてあげるという目的もはたしたかった。そのためにフランシスは脚本と、主役の座と、舞台を用意するつもりだった。「興行師の娘」というのがその脚本である。多方面に働きかけ、おおむねその企画は成功したように思われた。

ところが、九二年にヴィクトリア女王の孫であるクラレンス公が亡くなり、国中は喪に服した。そしてパトロンを失った劇場はほぼ閉鎖状態となり、好評のうちに滑りだしたスティーブン主役の劇も打ち切りとなってしまったのであった。

兄を失ったヴィヴィアンは母からの手紙がとだえたのをうらみ、悲しみ、泣きの涙の手紙を送ってよこし、フランシスの心は千々に乱れた。子どもか仕事か、息子かスティーブンか（スワンという選択はすでにない）、フランシスはその二択に引き裂かれたが、ついに彼女は帰宅を決意した。二年ぶりのワシントンであった。

ワシントンふたたび

一八九二年三月、アメリカに帰国したフランシスは四二歳。新聞記者には元気そうな顔を見せ、今度は長編を、子どもの本ではない小説にとりかかっていると宣言した。しかしマサチューセッツ・アヴェニューの家にはライオネルの思い出が染みついていて、フランシスの悲しみはいやました（図6）。

心の空白を埋めるように彼女は兄ハーバートや妹たちと連絡をとりはじめた。ハーバートは最初の妻を亡くして再婚しており、子だくさんの家族を抱えていた。カリフォルニアで末の妹エドウィーナの家族といっしょに暮らしていた妹のイーディスは、最

図6　メイサム・ホールの秘密の花園を見渡す窓辺にすわるフランシス

初の夫を天然痘で亡くし再婚していたが、幼い娘を病気で失ったばかりだった。そのことを知ったフランシスはイーディスにワシントンに来るよう誘い、イーディスの夫フランク・ジョーダンも首都で仕事を探したく思っていて、ジョーダン一家はワシントンに引っ越してきた。フランシスは彼らを歓迎し、家賃なしで自分の家に住まわせ、さまざまな経費を負担した。

そのほかにもフランシスは甥たちの学費を払い、援助の手をさしのべ、お金でできることはなんでも提供した。彼女の施しは、親戚だけにはとどまらず、たよってくる人の数は相当なものになった。なかにはウソをついて利用しようとする人もいた。だが彼女は困っているとの手紙には真摯なぐさめのことばと現金でこたえ、つくしつづけた。

フランシスが書きはじめていたのは、『わたしの一番よく知っている子ども』という、子ども時代を回想した自伝であった（図7）。自分のことを「小さい人」と三人称でよび、子どもの心の発達を記録すると称したこの自伝は、ある意味でヴィクトリア朝の子ども時代の記録でもある。厳格にしつけられて育ったイギリスの少女が、自由の国アメリカで花ひらき、経済的自立を勝ちとるまでを描いているからだ。しかし経済的自立は子ども時代のおわりで、エデンの園からの追放でもあるとフランシスは書いている。この本は、子どもの視点という点で、ヘンリー・ジェイムズの『**メイジーが知ったこと**』と比較されることもあるが、「小さい人」に対するフランシスの感傷

『メイジーが知ったこと』
What Maisie Knew. 1897.

的な思い入れが過多で、のちに児童文学作家のジャクリーン・ウィルソンは「いくら食べても甘い砂糖衣ばかりでアーモンドにいきつけない」と酷評している。

ワシントンに夏が来ると、マサチューセッツの海辺のスワンプスコットにコテージを借り、執筆を続けた。このコテージは、ライオネルとヴィヴィアンと楽しくすごした思い出がつまっており、来るまではその思い出が苦しいのではないかと案じていたフランシスだったが、夏は美しく、親友のキティとヴィヴィアンといっしょにすごすうちにだんだん、彼女も立ちなおりはじめていた。秋になるとフランシスはヴィヴィアンをワシントンに返し、自分はボストンのキティの家に滞在した。キティの姉妹はしょっちゅう大陸に行き来していたから、ホール家はいつもヨーロッパの香りがただよっていた。

自伝の執筆に伴い、原稿料の交渉など、また事務的な手紙のやりとりをスワンが引き受けるようになっていた。

ジャクリーン・ウィルソン
Jacqueline Wilson
一九四五—。イギリスの児童文学作家。『タトゥーママ』(一九九九)、『シークレッツ』(二〇〇二)など著作多数。

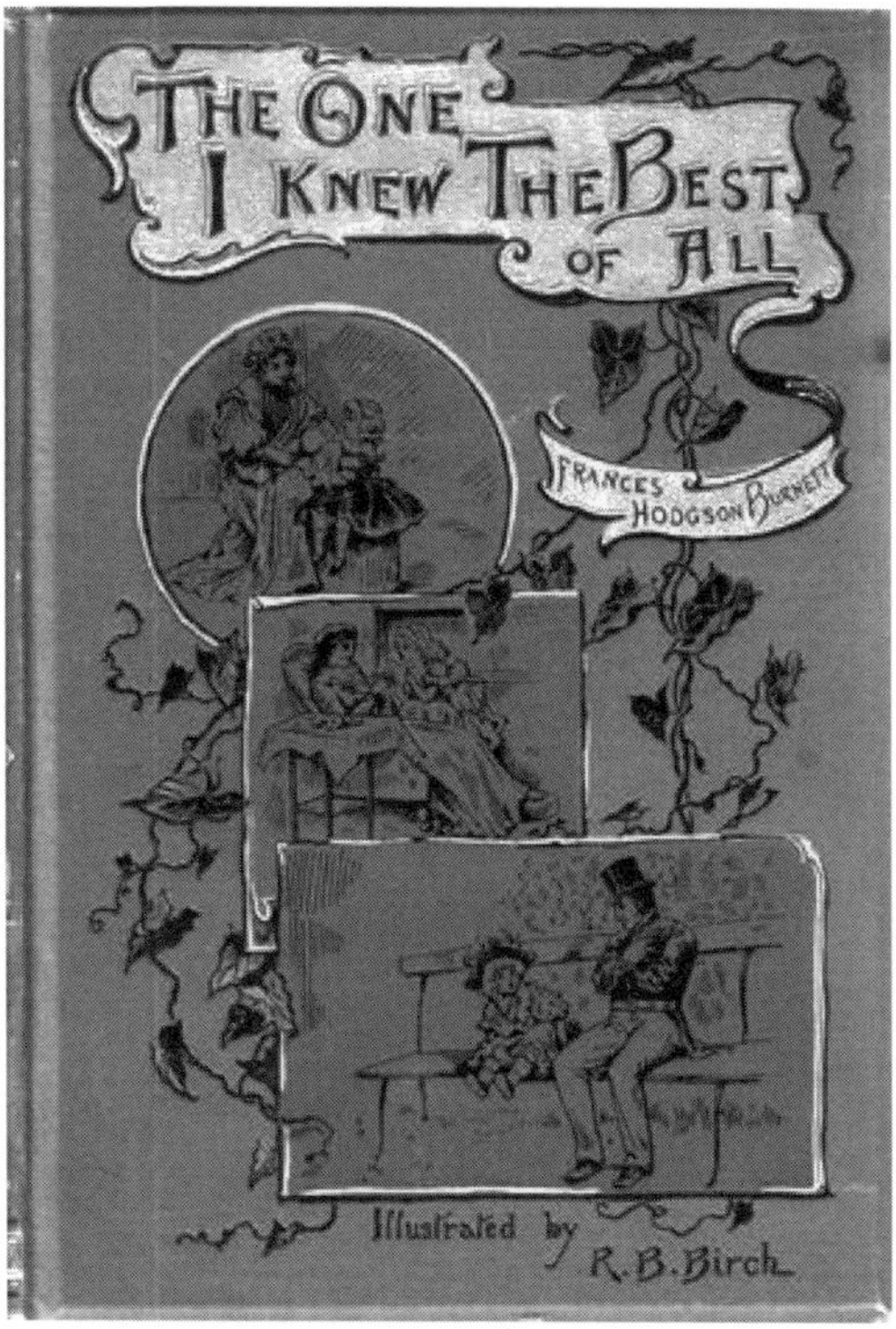

図7　『わたしの一番よく知っている子ども』表紙

そのためフランシスにはアメリカとイギリスの両方に夫がいるような、妙な事態になっていた。スワンは、フランシスとの結婚はただ形式のみ、という状況を受け入れつつあった。しかしスワンは、相手がフランシスでなくていいから家庭がほしかった。彼も孤独だったのである。

一八九三年は、自伝以外にも、これまで書いてきた子ども向けの短編を集めた本が出版された年であった。ちかづくシカゴ世界博覧会では、フランシスは「現代アメリカでもっとも有名な女流作家のひとり」として、著作を展示するよう要請されていた。この年のうちにフランシスは、いままでよりも長期滞在するつもりでロンドンに旅立った。妹のイーディスもいっしょで、イーディスにとってはなつかしい故郷へのはじめての里帰りであった。

第７章　『上流階級の女性』

イーディスとロンドンへ

イーディスとフランシスは、ハンプトン・コートに近い「グレイド」という家にいったん落ちつき、そのあと知人の紹介で、リージェント公園に近いポートランド・プレイスに大邸宅を見つけて、ふたりで楽しくこの家の家具を見つくろい、リバティのカーテンをとりつけてととのえた。フランシスはこれをロンドンの拠点として住みつづける心づもりであった。そのあいだ、ヴィヴィアンはイギリス一周の旅行に出かけていたが、このころから彼の贅沢好きが目にあまるようになりはじめた。旅の途中でもヴィヴィアンはおかまいなしに母にお金の無心をしてきた。ジェントルマン教育を受けてきた彼はたしかに趣味がよかったが、立場にふさわしい服装をしていなければ、死んだほうがましだと思い、そのためのお金は母にせびればいいと心得ていたのだ。

イーディスとヴィヴィアンは先にワシントンに帰った。ヴィヴィアンはハーバード大学の入試の準備をする必要があったのだ。フランシスにとっては、イーディスとフランクの夫妻がマサチューセッツ・アヴェニューの家に同居してくれているのが心強いかぎりであった。家を離れがちなスワンにかわってヴィヴィアンの監督をしてくれるし、夫妻の息子たちはヴィヴィアンより少し年上で、兄を失った彼の兄弟がわりになってくれた。

ポートランド・プレイスの家でひとりになったフランシスがゆっくりと落ちつく間もなく、彼女はワシントンから悪い知らせを受けとった。ヴィヴィアンがチフスにかかったというのだ。

よみがえるトラウマ

知らせを受け大あわてでワシントンに帰ったフランシスだが、今度はどこか諦観しているところがあった。病に苦しむ息子を看護しながら、自分は愛するものを失う運命なのかと考えていたようだ。バーネット家のコックが、ヴィヴィアンのそばにライオネルの亡霊を見たと話すのをきき、ああいう黒人の人たちは、どこか超自然的な現象を信じるところがあって、だからそういう幻影を見るのかもしれないけれど、それは信じるに値することかもしれないとフランシスは考えていた（図1）。

だが、ヴィヴィアンは生きのびることができた。九死に一生を得た息子に、フランシスは心から神に感謝したのはたしかだったが、この経験は、癒えよ

図1　『白い人びと』は息子をなくして嘆き悲しむ母親が登場する神秘的な小説で、フランシスの傷心が続いていたことを物語る

うとしていた喪失の痛みをよみがえらせてしまった。ふたたび彼女は、胸をしめつけられるような強い悲しみと長男にはもう二度と会えないという喪失感にしばしばおそわれ、深い抑うつ状態におちいってしまった。

九月からヴィヴィアンはハーバード大学に入学を許可されていたのだが、体調がもどるまでひかえねばならず、結局翌年一月、彼は入学を許可されて大学生活に入った。

息子と甥と

大学に入ったヴィヴィアンは調子をとりもどし、フランシスも彼を叱るだけの余裕が出てきた。ヴィヴィアンはどこかひどく自分勝手で、人の気持ちを考えられないところがあり、これから続く大学の四年間、フランシスはかなり彼を叱り、たしなめねばならなかった。教育費は高価で、ほとんどはフランシスが負担し、スワンが出したのは少額であったうえ、スワンは息子を甘やかすことには頑として反対であった（図2）。

図2 ヴィヴィアン・バーネットの大学時代の写真

しかしフランシスは、ヴィヴィアンを「永遠のフォントルロイ公」のモデルとして苦しませる結果を招いたことに気がとがめていたということもあったのかもしれない。請われるままに個人授業の費用や、高額な衣装代、遊びに使う費用を出していた。ヴィヴィアンはすっかり甘やかされてしまっていて、平気で母にお金を無心し、ときどきそれは限度をこえた。

同居しているイーディスの息子のアーチーは、ヴィヴィアンよりずっと不利な立場にあった。西部で育ち、西部訛りが強く、文化的な学校にいくこともできず、教養を身につける機会がなかった年上のいとこ。フランシスはこの甥をとてもかわいがっており、彼にもぜひチャンスをあたえたいと思っていた。そのためには上流階級の英語を話せるようになり、実質的な技術を身につけなければならない。フランシスはアーチーをロンドンへ同行させた。

そしてフランシスはアーチーを、まるで映画『マイ・フェア・レディ』のヒギンズ教授がイライザを教育したように仕こみ、先生をつけ、専門学校へ通わせた。アーチーは性格のいい子で、しかも大変な努力家だった。並大抵でない努力をして、アーチーは伯母の期待にこたえ、のちのち、アメリカで成功をおさめることになる。

『マイ・フェア・レディ』
My Fair Lady
一九五六年初演の大ヒットミュージカル。ロンドン訛りがひどい花売り娘を言語学者が教育し、レディに仕立てあげるという筋。

経済的不安

四〇代の後半、ポートランド・プレイスの大邸宅に暮らしながら、フランシスはおとなになって以来はじめて、経済的な不安にさいなまれていた。ロンドンとワシントンに大邸宅をかまえ、その維持費、補修費、使用人の給料がずっしりとかかってくる。この時期、スワンはついに自分のオフィスに近い小さな家に引っ越してしまっており、マサチューセッツ・アヴェニューの家の費用は全部フランシスの肩にかかってきた。加えてヴィヴィアンの学費と生活費、これも大部分を彼女が負担していた。それから彼女の収入にたよるようになったたくさんの親戚や知人たちへの援助、彼女自身の浪費的な生活の費用。おまけに、知人夫妻に貸していた多額の金が、返してもらえない状態に追いこまれていた。自分で晩餐の予定を立て、使用人ではなく自分が買いものにいけば、すこしは倹約することができる。そこまで困窮していたのである。

このころ、パリにいったフランシスの知人が、偶然『小公子』の舞台がかかっているのを見て、なにげなしに手紙にそのことについてふれた。フランシスはおどろいた。エリザベス・マーブリーがいくら苦労して交渉してもヨーロッパでの上演を実現することができなかったという過去があったからだ。このパリ公演は、著者の許可なくおこなわれたものだった。あわてて交渉を申しこんだフランシスは、しかるべき利益をとりもどすことができ、すこしは懐が潤ったのであった。

　作家の収入は出版する本があるかどうかにかかっている。しばらく彼女には収入の見こみがなかった。なんらかの執筆予定があれば、まずは雑誌連載で継続的な収入を得られ、そのあとは単行本としての印税が入り、それが舞台にかかれば、しばらくそこからの収入が見こめる。フランシスはひとつ、物語を組み立てていた。以前から構想はあったのだが、執筆にいたるきっかけをあたえたのは、だだっぴろいポートランド・プレイスの邸宅であった。

男装の美少女クロリンダの誕生

　この建物は、かなり古く、暗く寒く、長くて陰気な廊下とたくさんの部屋があった。屋根裏と地下にも広いスペースがあって、とりわけ地下室は非常に広く、暗く湿っぽく陰鬱で秘密めかした雰囲気に満たされていた。客が来ると、フランシスはよく、ろうそくを手に地下を案内した。ろうそくのゆれる炎に照らしだされる陰鬱な地下室は、まさにゴシック・ロマンスの舞台にふさわしかった。フランシスが執筆をはじめようとしている『**上流階級の女性**』は、アイディア自体はもっとまえからあったのだが、この地下室の雰

『上流階級の女性』
A Lady of Quality. 1896.

囲気がきっかけとなってかたちをとりはじめたのであった。この小説は、ほかの彼女の作品とちがって舞台を一七世紀に定めており、やや古めかしい口調で書かれている。この時代的な距離感と、ゴシック・ロマンスの雰囲気が、フランシスとしてははじめて女性と権力の問題にせまる機会をあたえたのであろう。暴力と愛憎と政略結婚と殺人事件のなかで、激しい性格の美少女クロリンダが結婚という手を使って出世の階段をのぼっていく物語である（図3）。

　地主階級の父は女嫌いで、娘ばかりを生む妻をいじめぬき、暴力と酒の日々を送っている。クロリンダはふたりの姉のあとに出生を受けるが、すぐに母は産後の肥立ちが悪くて亡くなってしまう。かまいつけられずに育ったクロリンダだったが、ひょんなことから男装して、父の息子として育てられることになった。馬をのりこなし、父の野卑な仲間たちと騒ぎ、暴力と喧騒のなか、一五歳まで男として育った彼女は、誕生日に突然男装を脱ぎ捨て、このうえもなく女らしいレディとしてふるまいはじめ、父親より年上の大金持ちの貴族と玉の輿結婚をする。彼が死ぬのをまって、大金持ちの未亡人となったクロリンダは、こんどは理想的な伴侶を求め婚約するが、そこに過去の愛人が現れ、彼女を脅迫したことから、かっとなって彼を殺してしまう。その遺体を地下室に葬ったクロリンダは、素知らぬ顔で人もうらやむ相手と結婚式をあげ、自分の殺人罪については口をつぐんだまま、幸せになる

図3　『上流階級の女性』一九二四年の映画ポスター

（図4）。

　どんなに型破りのヒロインでも、最後には罪を悔いるのが一九世紀の小説である。ところが、フランシスはクロリンダに罪を隠したまま幸せになることを許した。現代の読者ですら後味の悪さを感じるこの結末が、当時どれほどスキャンダラスだったか、想像に難くない。しかしクロリンダは魅力的なヒロインだった。行動力があり一途で幸せをつかむためにはなんでもする。男装を脱ぎ捨てたあと、意識的に女の武器を利用してみせる彼女は、両性具有的であるともいえる。

　書きながらフランシスはわくわくしていたし、途中で原稿を読ませられた訪問客や作家たちもそうだった。フランシスにしてみれば、クロリンダはまったく新しい試みではなく、いままで書いてきたヒロイン——ジョーン、レイチェル、バーサ、そして少女セーラにも、クロリンダの萌芽はあったと述べている。そして「クロリンダは私だ」とも。

A Lady of Quality
Sir John was not the only one who enjoyed the situation.
図4　『上流階級の女性』サー・ジョンだけはこの状況が気に食わなかった

クロリンダには、非常に影の薄いアンという姉がいて、父親にはひどく嫌われ隠れるように暮らしている。女性の弱さ、女性の従順さを絵に描いたようなこの姉こそ、クロリンダに殺人の事実を秘めておくよう強くすすめる人物だということも興味深い。フランシスにはこのような「姉」たちが、有名無名、年齢差、国籍にかかわらず、つねにそばにいてくれたということも指摘できるだろう（図5）。

出版までに

フランシスはこの小説をまず連載に、そして単行本、そして戯曲として三回収益をあげることを目論んでいた。ところが、イギリスの出版社もアメリカの出版社も連載には難色を示した。どちらも向こう二年間は連載の予定が決まっており、この話をのせる場所がなかったからだ。経済的な苦境にあるフランシスは三か月のあいだねばって交渉したが、ついに折れ、この本は一八九六年、単行本から出発した。ちなみに、フランシスの本は、当時としても破格の印税二五パーセントが支払われている。交渉のあいだに、フランシスはすでに戯曲を書きはじめており、またかなりまえにあきらめていた長編『ド・ウィロビー・クレイムとの関係で』にもふたたび手をつけて完成を目指していた（図6）。

図5　『上流階級の女性』舞台写真

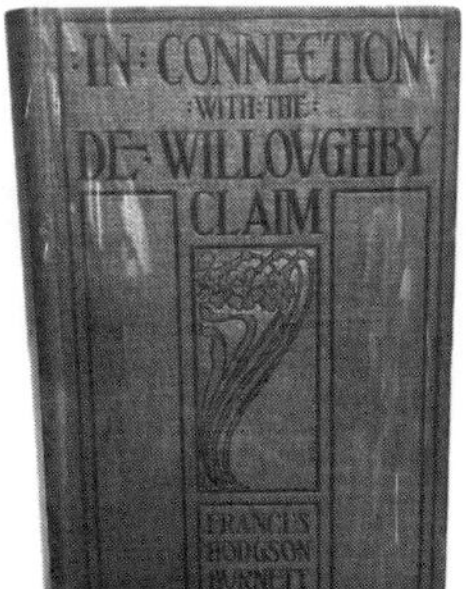

図6　『ド・ウィロビー・クレイムとの関係で』表紙

『ド・ウィロビー・クレイムとの関係で』
In Connection with the De Willoughby Claim. 1899.

戯曲化にはかなり苦労したフランシスだが、結末をすこし変えて、クロリンダが最後に結婚するオズモンド卿は彼女の過去の罪を告白され、それを許すという、受け入れやすいものにしている。やはり芝居となると、勧善懲悪的な結末が必要だったということだろう。次に、続編『**オズモンド卿**』で、フランシスは、今度は夫のオズモンド卿の過去をたどったが、最後に妻クロリンダの罪を許すという展開で描いた。戯曲と続編では、結末を無難なかたちでしめくくってしまったわけである（図7）。これは、フランシスの小説によく見られる特徴で、出だしは読者の期待を裏切る突拍子もないヒロインや、できごとがおこるが、だんだんに既成の枠におさまっていくという展開である。足が大きいヒロインが玉の輿にのる『**侯爵夫人になる方法**』がそうであるし、『秘密の花園』もそのひとつだといえよう。

ロンドンの作家協会、ヴァガボンド・クラブ、そして次はロンドン著作者クラブに招待されたフランシスは、前者からは「新しい女」とよばれ、後者からは「はじめて招待した女性作家」と評された。本人はまるで「新しい女」という自覚はなく、政治的にもそのほかにも女性の権利を求めて活動するタイプではなかったのだが、たしかに彼女は経済的に自立し、自分ひとりの部屋——どころか自分ひとりの家をふたつも——もっていた。

『オズモンド卿』
His Grace of Osmonde. 1897.

図7 『上流階級の女性』は一七世紀に設定されていた

『侯爵夫人になる方法』
The Making of a Marchioness. 1901.

スティーブンの存在感

『上流階級の女性』の戯曲化は、かなり困難な作業だった。これについてはスティーブンがずいぶん手助けをしてくれたので、共著というかたちになっている。フランシスは甥のアーチーとスティーブンと三人で、ロンドン郊外にコテージを借りて夏をすごし、脚本を仕上げた。

表面上は誰も、フランシスの経済的苦境に気づかなかった。彼女は行動様式を変えなかったし、表向きにはあいかわらず訪問を受け、招待に応じ、飛びまわっていたからだ。とりわけヨークに住むクルー卿に招待されたときは、その滞在を非常に楽しんだようだ。クルー卿は、自分はセーラの親戚かもしれないと冗談をいいつつ彼女をたいへんにもてなしてくれ、フランシスは彼を貴族の鑑のような人だと感じた。

だが、フランシスはふたつの邸宅に加え、妹一家も養っていたに等しかった。彼女はこの生活にすっかり身体をすりへらし、心臓に異常を覚えるようになっていた。強心剤を飲みながらのハードな生活だった。ついに彼女はロンドンのポートランド・プレイスの家を貸家に出すことを決意するが、そのための手配もスティーブンが請け負ってくれた。もはやスティーブンのいない生活は考えられないくらいだった。

一八九六年一二月、フランシスは、ほかの脚本の上演のためにニューヨークに帰ったが、いろいろとおこった問題の解決のためにスティーブンをイギリスからよびよせた（図8）。

フランシスは、彼との関係がたんなるビジネス上のものだと見えるよう、他人行儀でオフィシャルな手紙を書き、あくまで彼をマネージャーとしてあつかっていた。スティーブンは、たしかに舞台関係のビジネスにかんしては、やり手であり、ますます彼女はスティーブンにたよるようになっていた。彼はじつのところ、非常に魅力的で有能な人間ではあったが、反面、癇癪もちで気が変わりやすく、暴力的ですらあったのだ。

『上流階級の女性』の芝居は、デトロイトで上演がはじまり、スティーブンはクロリンダの最初の夫、ダンスタンウォルド卿の役を演じることになっていた。ところが、開演間もなく劇場は火事になり、衣装も舞台道具もなにもかも焼けてしまい、興行は中止となってしまった。フランシスは、このニュースをきいて、かえって話題性が出ると考え、ニューヨーク公演に賭けた。しかしこちらもトラブルが続いた。クロリンダを演じるジュリア・アーサーという女優とそのマ

図8 『上流階級の女性』ニューヨーク公演のポスター

ネージャーと、スティーブンがいざこざをおこし、ひと悶着があったからだ。上演の結果も評価はまちまちであったが、長すぎるという意見が多かった。いっぽうでカナダやアメリカで『上流階級の女性』の廉価版が大量に出版され、これは非常に売れ行きがよかった。やがてスティーブンは自分の役をアメリカ人俳優にゆずってイギリスに引き返していった（図9、図10）。

それを追うように、フランシスは妹のイーディスとともにイギリスにわたる。マンチェスターの親戚が援助を求めていた。フランシスは足の悪い男の子を援助し、住居を都合し、お金持ちの親戚としてやれるだけのことをやった。

じつはこのとき、フランシスは多額の借金を出版社に申しでている。そもそもフランシスはワシントンの家を担保にお金を借りようとしていた。マサチューセッツ・アヴェニューのこの家は、フランシスが全額を出して購入した家であり、名義も彼女のものであった。それなのに、法律上夫であるスワンの合意とサインがなければ、担保に入れることはできないと知り、その事実にフランシスは驚愕した。イギリスに向かったフランシスは、スワンに対する離婚申し立ての書類を弁護士にのこして、旅立ったのであった。これをフランシスは誰にも話さなかった。もし新聞社がこれをききつけると、「バーネット夫人は、スティーブン・タウンゼントと結婚するために離婚を申し立てている」と書き立てられるのは目に見えているからであった。

図9　ジョン・アーデンが演じるサー・ジョン

図10　『上流階級の女性』の映画ポスター

第8章　メイサム・ホールのレディ

離婚

一八九八年当時は、もちろんイギリスでもアメリカでも離婚というのは普通ではなかった。フランシスとスワンのように、別居生活を続ける夫婦は多かっただろうが、法律上は婚姻関係を続けているのがつねであった。協議による離婚より、不利益を被った側からの訴訟の申し立てのほうが離婚手続きとしては簡単だった。

フランシスの離婚申し立ての理由は、夫による疎遠と扶養の不履行であった（これはイギリスの法律では離婚理由にはならなかった）。たしかに、スワンは自らの意思でマサチューセッツ・アヴェニューの家を出ていったのではあるが、長年スワンをおいて、ボストン、ニューヨークだけでなく、イギリスやヨーロッパへ出かけて一年以上帰らなかったフランシスに、スワンを責めるいわれはない。しかしいまやかたちのみになってしまった結婚を法律上終了させることに異議がなかったスワンは、この申し出を了承した。このとき、フランシスは四九歳、スワンは五二歳である。

ヴィヴィアンが大学を卒業し、社会人となったのもひとつの契機とみなされた。フランシスには、寂しがり屋のスワンが再婚できるようにしてあげたという気持ちもあったようだ。事実、スワンは六年後、古くからの知り合いと再婚した。

フランシスはこの離婚が、マスコミの格好の餌食になることは予測していたが、そのとおりになった。ふたりはそれぞれにそれぞれの分野で有名人であったからだ。スワンは、仕事帰りに追いかけてくるレポーターをまくために、車でぐるぐる町をまわらねばならないほどだった。

アメリカの新聞はもちろん大騒ぎになり、「年下の俳優と結婚するために夫を捨てたか?」と詮索し、フランシスを「妻の役割よりキャリアを選んだ先進的な女性」と、けっしてほめているわけではないいい方で評した。フランシスはペン一本で身を立て、ひと財産を築いたとはいえ、とりたてて女性の権利や女性参政権について意見したことはない。やむを得ず進んできた道であり、結婚についてとくに新しい見解をもっているわけでもなかった。

しばらくまえからフランシスは新聞記事を読むのをやめていたが、彼女の離婚をスキャンダルとみなして大騒ぎする世間を無視しつづけるわけにもいかず、再婚のうわさについては否定しつづけたが、すっかり疲れはててしまった。彼女にはなにか気をそらせるものが必要だった。なにか、この世離れして、夢中になれて、幸せを夢見られるようなもの。そんなとき、彼女はケント州の田舎に、美しいマナーハウスを見つけた。メイサム・ホールである。かねてからイギリスの田舎暮らしにあこがれていたフランシスは、夏をすごすためにイギリスの海辺にコテージを借りることがあったが、もっと長期的に住める場所が見つかったのである。

メイサム・ホール

ケント州のロールヴェンデンにあるメイサム・ホールは、昔からマニーペニーという一族が住むお屋敷だった。村の人々から敬愛される領主だったが、破産し屋敷を人手にわたしてしまった。果樹園や菜園のある広い庭に囲まれ、てっぺんから海峡を見晴らす塔のあるお屋敷は、ネオ・テューダー様式で建てなおされ、一七、一八の客室がある静かな建物であった。住居費はロンドンの半額ですむ。

フランシスはロンドンの家から使用人を引き連れて引っ越し、庭師とともに自ら庭の手入れに精をだした。ここで彼女がおこなった、廃れていたバラ園をよみがえらせる経験は、のちに『秘密の花園』の原型となる（図1）。彼女はいつでも庭が好きだった。マンチェスターに住んでいた子ども時代にも、垣間見るお屋敷の庭園にあこがれ、自分の庭を夢見ていた。メイサム・ホールではじめて、フランシスは自分自身の庭を手に入れたのである。バラ

図1　メアリーは、ディッコンに会い庭のつくり方を教えてもらう（『秘密の花園』より。絵はチャールズ・ロビンソン）

園のなかにイスとテーブルをおき、執筆するのが日課になった。芝生にやってくるコマドリを手なづけ、羊の子をミルクで育てるなどという牧歌的な生活がはじまった。

フランシスがここでかなえた夢はそれだけではなかった。彼女は地方に住む上流階級のレディとして、優しく慈悲深く村の人々に親しまれ好かれたいと願っていた。子どもたちに日曜学校で教え、贈りものをあたえ、パーティをひらき、慈善活動をしてみんなに愛される、そんなご婦人になりたかったのだ。メイサム・ホールはそれをすべて可能にしてくれたのである。

フランシスは毎週教会に通い、寄付をし、子どもたちのために学校でのパーティを催し、プレゼントをまき散らした。村中の人が彼女のことを「お金持ちのお屋敷の奥さま」として敬愛し、フランシスはこの村の共同体のなかの尊敬される一員として根をおろしたのである。

メイサム・ホールには来客が絶えなかった。週末のパーティから泊まりこむ客もいれば、長期滞在の客もいて、客室はいつも満杯状態、フランシスはここで望んだとおりの役割を演じることができた。なによりも庭づくりと植物は彼女を心から癒してくれた（図2）。

図2　メアリー、コリン、ディッコンが庭に集う（『秘密の花園』より。絵はチャールズ・ロビンソン）

メイサム・ホールから、そのときヘンリー・ジェイムズが住んでいたサセックスのラムハウスはそれほど遠くなかった。事実、村でフランシスは数回、自転車にのった彼に出会っている。何度も招待状を出しているにもかかわらず、ヘンリー・ジェイムズはメイサム訪問を断りつづけた。兄のウィリアムに出した手紙によると、ジェイムズは、フランシスの小説が自分のよりよっぽど売れているのを、ややややっかんでいたらしい。

一時帰国と極秘のイタリア行き

一八九九年、フランシスはまたアメリカに出かける。ヴィヴィアンは大学を卒業したあと、両親の負担で世界旅行をし、その後デンバー・リパブリックという雑誌社につとめていた。フランシスは、二年ぶりに彼をたずねようと考えたのだ。ヴィヴィアンは、大学時代の甘ったれた贅沢息子から生まれ変わったようによく働く真面目な記者になっていた。長時間労働もいとわず、身につけたお上品な発音を捨てて同僚とつきあい、優秀で勤勉な姿勢で仕事に向かっていた。彼は三〇代で結婚し、夫婦ともにクリスチャン・サイエンスの信徒になる。彼の最期は、池で転覆したボートから投げ出された人々を救うため自分が溺れて亡くなったというもので、「小公子フォントルロイに似つかわしい勇敢な行動」と新聞で報道されることになる。

だが、このときフランシスは主治医から、デンバーにいくことをとめられる。彼女は心臓が結構弱っており、高地にいくのは危ないといわれたせいであった。デンバー訪問をあきらめたフランシスはそのかわりにワシントンでクリスマス・パーティをひらき、正月までヴィヴィアンとともにすごした。久しぶりに母と会えたヴィヴィアンは、しばらく居てくれるものと期待していたが、二月になると、彼女はまたすぐに旅立った。

イギリスに向かうと見せかけて、フランシスは、メイドとともにイタリアのジェノヴァに向かった。そこで彼女はスティーブンと落ちあい、ふたりはこっそりジェノヴァの教会で結婚した。じつは、なぜ彼女がスティーブンと結婚したのか、くわしい事情は謎である。イタリアに向かったのは明らかにマスコミを避けるためであったが、もちろん結婚の事実はすぐに明らかになった。ふたりがうすら寒いイタリアの町でハネムーンをすごしているあいだ、イギリスとアメリカの新聞はこのニュースで大騒ぎになった。

二度目の結婚

「フォントルロイのママの愛の昼下がり、息子ほどの歳の若い男性秘書と再婚！」そのほか、いろいろなまちがいを含むフェイク・ニュースがあふれた。このニュースは、英米の新聞の一面記事であった。

フランシスはそのとき、五〇歳、中年太りで病気がちで髪はヘナで染めていた。四〇歳の俳優の相手としては、あまりぱっとしない。フランシスのほうがスティーブンを愛し固執し、どうしても必要としていたのだと考える人は多かった。だが、じつはスティーブンのほうが、フランシスをどうしても必要としていたのである。

貧乏なイギリス人貴族が裕福なアメリカ人の跡取り娘をめとるという話は、この当時現実にも、小説にもあふれていた。一九〇九年当時、ヨーロッパの貴族と結婚したアメリカ人娘の数は五〇〇人以上、持参金として二二〇〇万ドルがヨーロッパへ流出したという調査もある。有名な例は、一八九五年、マールバラ公チャールズ・スペンサー＝チャーチルに嫁いだコンスエロ・ヴァンダービルトの結婚だろう。ニューヨークの富豪の娘コンスエロは、広大なブレナム宮殿の持ち主であるがお金のないチャールズと結婚するよう、まわりから圧力をかけられ、アメリカに婚約者がいたにもかかわらず、巨額の持参金をもってイギリスに嫁いだのだった。フランシス自身もそのような関係を何度となく小説に書いており、『杼《ひ》』は明らかにコンスエロを意識している。だがそれ以上に、この小説のアメリカ人の妻を虐待するサー・ナイジエルは、スティーブンを思わせる（図3）。

スティーブンは貧乏貴族ではないし、フランシスは若いアメリカの跡取り娘ではなかったが、スティーブンは俳優という不安定な地位にあり、フラン

図3　『杼《ひ》』表紙

シスは財産をもち、演劇界に顔がきき、脚本をも書く有名作家だった。スティーブンはどうしてもフランシスのお金と才能と名声を必要としていたのだ。

ドメスティック・バイオレンス

しかも、スティーブンはプライドが高く、女の下におかれるのは御免だと考えており、結婚によって夫の地位につけば、フランシスを支配し、従わせることができると考えていた。

お金目あての恐喝による結婚だったのだろうと、フランシスの伝記を書いたアン・スウェイトは推測している。しかしフランシスがどんな弱みを彼ににぎられていたのかは定かではない。おそらく彼女のいままでの名声をすべて台無しにするようなにかを、公表すると脅したのだろう。

もしかするとフランシスは、結婚すれば彼の態度が改善すると考えたのかもしれなかった。だがそれはまちがいだった。彼との結婚は、フランシスの生涯でもっとも大きな失敗であった。これまでにもスティーブンは嫉妬深く、感情的になりやすく、爆発的に癇癪をおこすことがあり、そういった面をフランシスはよく承知していたはずだった。だがいっぽうで彼は主治医であり息子を看取ってくれた医者であり、彼女はあの心痛の日々を彼によりかかってすごしてきた。断ち切ることのできない絆が彼女を縛っていた。

結婚して二か月もしないうちから、フランシスは妹イーディスやそのほかの人々に手紙で彼の暴力をうったえはじめた。スティーブンはフランシスが他人とつきあうのを嫌い、フランシスを孤立させようとした。知人に手紙を書き、彼女の悪口をふきこんだ。財産は夫にわたすのが妻の義務、せっせと働き、夫を愛し、脚本を共作するのが妻の義務と説き、彼女を服従させようとした。自分を愛しているから結婚したはずだ、愛しているならできるはずだ、いうとおりにしないと破滅させる。こうして夫という立場を手に入れたスティーブンは、フランシスを非難し、いじめ、侮辱し、嘲り、そうでないときは不機嫌な態度を保ちつづけた。その不機嫌はときに唐突に、すさまじい癇癪となって爆発するため、フランシスはつねに彼のご機嫌をとり、びくびくしてすごさねばならなかった。表面上夫婦であることをとりつくろうため、使用人のまえでは必死に演技を続ける。彼はスワンに手をのばし、フランシスと最愛の息子ヴィヴィアンとの仲を裂こうとまでした。

配偶者または恋人の親密な関係における暴力をドメスティック・バイオレンスとよび、多くの被害者が女性であるということが指摘されるようになったのは、アメリカにおいても一九六〇年代になってからである。だが、すでに一九〇〇年においても、相手を社会的に孤立させ、愛を盾にとって脅し暴力で支配するという典型的なかたちが、フランシスとスティーブンのわずか二年間の結婚生活に見られる。社会問題化したのは二〇世紀後半であっても、これは結婚制度とジェンダーにつきまとう古典的な問題であったといえる。フランシスに友人や知人が多かったこと、メイサム・ホールが非常にオープンな場所であったこと、そしてなによりフランシスに助けを求めるだけの気概があったということが幸いした。

彼女はもう死んでしまいたいと願い、悪夢であれば覚めてくれと泣き、知り合いに手紙で助けを求めつづけた。幸い、友人や知人たちは彼女の手紙にこたえ、メイサム・ホールにはつねに誰かが泊まっているという状態が保たれていた。さすがにフランシスもスティーブンとたったふたりきりになることにだけは抵抗したのである。そしていつも忠実な妹のイーディスは、姉の求めに応じ、自分の家族はワシントンにのこしたままメイサム・ホールに滞在し、フランシスを守ってつねにそばにいてくれた。

冬になり、メイサム・ホールをしめてロンドンで家を借りたときも、フランシスはイーディスと離れず、三人いっしょに住んだ。だんだんスティーブンも落ちつき、最初ほど荒れ狂うことはなくなっていて、フランシスはすこし胸をなでおろした。ちょうどそのとき、スティーブンが書いた小説**『純血の雑種犬』**が出版され、愛犬家のあいだでちょっとした話題になり、ベストセラーの仲間入りをしたというのも幸いした（図4）。

この話は、かつてフランシスがメキシコからチワワ犬をプレゼントされたときの実話をもとにしている。小さくてかわいらしかったその犬は、しかし

『純血の雑種犬』
The Thorough-Bred Mongrel.
1900.

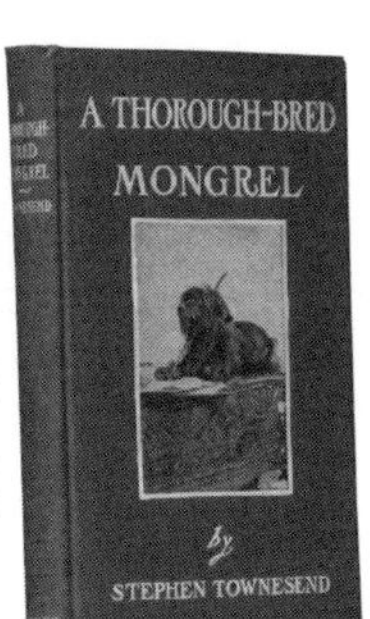

図4　『純血の雑種犬』表紙

ときがたつと、どんどん成長して大きくなり、チワワではなかったことが明らかになったのである。フランシスやスティーブン自身が仮名で登場している。スティーブンは犬やそのほかの動物が好きだった。彼がけがをしたフランシスに献身的で、瀕死のライオネルに優しかったという事実も、明らかに自分より弱いものには寛大であるという性分であった証である。

また、動物愛護主義者で生体解剖反対論者であったスティーブンは、小説で名前が知られてから、あちこちで講演を頼まれるようになった。明らかにこれらのできごとは彼のプライドを満足させたのだろう、機嫌がよくなり、フランシスに対する態度も和らいだ。

一九〇一年一月、ヴィクトリア女王が崩御すると、フランシスは新聞記事をたのまれた。二日で書きあげた原稿で四〇ポンドを得た彼女は、その半分をヴィヴィアンに送り、新しいスーツとシャツを買うようにとことづけた。あいかわらず、お金が手に入ると人にあたえてしまうフランシスの性分が出ている。

春になると、フランシスは意図的に知り合いの子どもたちを屋敷に招待した。スティーブンは、子どものまえではけっして暴力的なところや不愉快な態度を見せなかったからだ。舞台版『小公子』でエロル夫人役を演じ、評判をとった女優のウィニフレッド・エマリーは、娘のパメラ・モードとマージョリーを連れてメイサム・ホールに招待されたが、パメラはそのときのことをよく覚えていた。彼女は、高名な作家に会えるというのでドキドキしていたが、フランシスが太り気味の白い服を着て赤いかつらをかぶったふつうのおばさんであるのにがっかりした。パメラはまた、タウンゼント夫妻が一度もおたがいに会話を交わさないことにも気がついていた。

　しかしそんな異和感はフランシスが物語をきかせてくれるまでのことだった。フランシスは子どものころから語りの才能をもっていたが、それは最大限に発揮された。語り手もきき手もまるで別世界へ入ってしまったように現実をわすれ、物語の登場人物になりきってしまったという。

　書くことだけがフランシスの避難方法だった。メイサム・ホールの美しいバラ園は彼女を裏切らず、『杼《ひ》』、『侯爵夫人になる方法』、その続編の『**レディ・ウォルダーハーストのやり方**』などがここ

『レディ・ウォルダーハーストのやり方』*The Methods of Lady Walderhurst.* 1902.

図5　『侯爵夫人になる方法』『レディ・ウォルダーハーストのやり方』の合併版

で執筆された（図5）。

結婚の終結

フランシスは、ヴィヴィアンにこの結婚の真相を隠しとおそうとしていた。いっしょに暮らす妹のイーディスが、無難な情報だけを伝えていた。だが、ヴィヴィアンは母からの直接の手紙がないことをいぶかり、自分のことをわすれてしまったのかと心配した。おまけにこのころ、ヴィヴィアンはすこし体調をくずしてワシントンの父の家に同居しており、スワンはもとの妻のことをあまりよくいわなかった。フランシスは、もとの夫といまの夫にヴィヴィアンとの仲を裂かれることを危惧し、あわててヴィヴィアンに手紙を書いた。そのなかで、彼女は再婚したからといってヴィヴィアンが息子でなくなることなどないと誓い、彼の身体を心配し、ヨーロッパに来るようすすめている。

ヴィヴィアンはもともとスティーブンを好いていなかったし、母の再婚のことをひどく心配していた。あれこれの情報をつなぎあわせて、うすうす真相を察した彼は、なんとか母を助けにイギリスにいきたいとやきもきしたが、スワンのてまえ、なかなか実行できずにいた。

ようやくフランス訪問の機会をもったヴィヴィアンは、その際、ロンドンに立ちよることができた。彼は一度だけ、スティーブンが留守のとき、メイサム・ホールにやってきた。スティーブンは、ロンドンにオフィスをもち、週末をメイサム・ホールですごすという生活だったのである。どういうおぜんだてがあったのか、イーディスとロンドンのヴィヴィアンをたずねたフランシスは、三人いっしょにベルギー旅行に出かけた。そしてそのままアメリカへ逃げ出したのだ。

執筆の過労、表面をとりつくろう努力と夫の機嫌とり、心身ともにあたえられる暴力にたえつづけたフランシスはそのとき五三歳、すっかり身体を壊してしまっており、もうひとりで歩くこともままならなかった。彼女はニューヨークのフィッシュキルにあるサナトリウムに入り、治療を受け、療養生活に入った。

一九〇二年四月、スティーブンがイギリスからサナトリウムに面会を求めてきた。伝記作家のアン・スウェイトは、彼が自らやってきたと書いており、もうひとりの伝記作家グレチェン・ガージナはフランシスが最後の力をふりしぼってよびよせたと書いているが、真相はわからない。だが勇気をふるったフランシスが、もう二度といっしょには暮らすつもりはない、とスティーブンにいいわたしたというのはたしかだ。彼がそれでひきさがったところをみると、フランシスは相当の手切れ金をわたしたのだろう。フランシスとスティーブンが法的に離婚したという記述はどこにもない。しかしそれ以来、彼女は永遠に彼との関係を断ち、一度も会うことはなかった。

静かな療養生活と治療のおかげで元気をとりもどしたフランシスは、イーディスとともにロング・アイランドのイースト・ハンプトンにしばらく滞在した。この年、ロンドンで最初「妖精ではない王女さま」という題名で上演されのちに「小公女」と改題された『セーラ・クルー』の舞台版がヒットし、ニューヨークでも高い評判をとった。おとなも子どももセーラの運命に涙を流し感動しておおいに喝采を送った。フランシスはニューヨークで、いまは出版社につとめているヴィヴィアンといっしょに観劇した。

一九〇三年、イースト・ハンプトンにコテージを借りたフランシスはいままでになく元気で、執筆にはげみ、多作だった。『セーラ・クルー』を舞台版からおこしてさらに長編にしては、という出版社の申し出をよろこんで受け、『ホセのきれいな妹』と『あの人と私』(『ド・ウィロビー・クレイムとの関係で』の舞台版)のふたつの戯曲にとりくみ、そのあいだ、『杼《ひ》』を完成しようと努力していた(図6)。だが、『杼《ひ》』はなかなか進まず、完成したのは一九〇六年になってからである。これは、自分が経験したイギリス人の夫によるドメスティック・バイオレンスの話である以上、つらかった経験をよみがえらせる必要があったからだ(図7)。翌年、フランシスはイタリア旅行に出かけ、美しい風景を堪能した。そしてその足でイギリスのメイサム・ホールを再訪した。

『ホセのきれいな妹』
The Pretty Sister of José. 小説版は1889、戯曲は1903.
『あの人と私』
That Man and I. 1903.

図6 『ホセのきれいな妹』より

フランシスは村の人々の大歓迎を受けた。もはやここにはスティーブンはいない。メイサム・ホールの夏はかつてないほどに金色で、すばらしく、フランシスは庭づくりにはげんだ。いつものように多くの客がおとずれたが、そのなかには女優のエレン・テリーもいた。バラはますます美しく、バラ園でフランシスは『明日の暁』（図8）を書き、ようよう『杼《ひ》』を仕上げた。二年まえ、再婚していたスワンが亡くなったという知らせがあったことをのぞけば、フランシスは本当に幸せであった。

しかし、メイサム・ホールの借地契約は一九〇七年におわり、持ち主はすでに

図8　『明日の暁』映画スティールより

図7　『杼《ひ》』表紙

『明日の暁』
The Dawn of a Tomorrow. 1906.

次の計画を心にいだいていた。最後の夏、フランシスはお別れの意味をこめ、『**私のコマドリさん**』という小編を書いた。これはある意味、このあとの『秘密の花園』へ続く布石でもある。この年からあと、フランシスはイギリスに家をもつことはなかった（図9）。

『私のコマドリさん』
My Robin. 1912.

図9　庭にたたずむメアリー（『秘密の花園』より。絵はチャールズ・ロビンソン）

第9章　ロング・アイランドのアメリカ人

プランドームと『秘密の花園』

一九〇五年、フランシスは弁護士のすすめでついにアメリカの国籍を取得し、法律上アメリカ人になっていた。おそらくスティーブンが彼女の財産をねらうことを阻止しようとしたものと思われる。また、ロング・アイランドに土地を購入しようという計画があったフランシスに、アメリカ人国籍がないと難しいと弁護士からアドバイスがあったためとも考えられる。

イースト・ハンプトンで暮らした経験から、風景の美しさと静けさ、ニューヨークへの便利さにおいてロング・アイランドは理想的な土地に思われた。しばらく地所を探していたフランシスは、一九〇八年、プランドームに土地を購入した。マンハセット湾を見晴らす風光明媚な場所で、そこに彼女は白いイタリア風のヴィラを建てるつもりだった（正式に国籍を取得したのはこのときだという説もある）。

このころ、フランシスはまた体調がひどく悪く、消化不良、神経衰弱、骨粗しょう症に悩まされており、ドイツのフランクフルトへ療養に出かけている。だがブランドームには広々とした庭をつくり、そこに彼女は六七二本におよぶバラの苗を植えた。そして、一九〇九年、六〇歳になった彼女は、ここで『秘密の花園』を書きはじめたのであった（図1）。

現在もとぎれることなく読み継がれ、児童文学の最高傑作ともいわれ、子どもたちの自然な生きる力と、自然のすこやかな育てる力を礼賛した『秘密の花園』は、フランシスのこれまでの経験をふまえつつ、ブランドームのバ

図1　扉を探すメアリー（『秘密の花園』より。絵はチャールズ・ロビンソン）

ラ園で完成したものなのである。幼いころ、イスリントンで、緑の扉の向こうの廃園に夢をはせたときから、メイサム・ホールのバラとコマドリと羊たち、クルー卿をたずねたときのヨークシャの風景、ブロンテ姉妹の小説、そして心の支えとなったニュー・ソートの信じる力。

児童心理学がそのことばを定義するよりもまえに、直感的にフランシスは、両親にネグレクトされた子どもの心理を正確に描きだした。そして児童文学史上かつてない、人好きのしないヒロイン、メアリーと、病弱でわがままで自分勝手なコリンという印象的なキャラクターを生みだしたのであった（図2、図3）。

この物語は「アメリカン・マガジン」というおとな向けの雑誌に『ミストレス・メアリー』という題名で掲載され、一九一一年に出版された。ほかの著作については、執筆の経緯や途中の過程が、手紙やエッセイなどに書きのこされているのに、『秘密の花園』についてはまるごとそれらが失われている。これは、フランシス自身がその原稿類を地元の高校の図書館に寄贈したからであった。ところが高校側はその価値をまったく認めず、おそらくは邪魔あつかいしてすぐに破棄してしまったらしい。

わかるかぎりでは、出版当時の評判はさまざまだった。『小公子』や『小公女』とちがって、この作品は理解されるまでに長い時間がかかり、そのぶん、長い時間愛されるというタイプのものだった。

図2　コリンの亡き母の肖像（『秘密の花園』より。絵はチャールズ・ロビンソン）

図3　コリンとメアリーは真夜中に出会った（『秘密の花園』より。絵はチャールズ・ロビンソン）

三回目の大西洋

　仕事をおえるとアルプス旅行に出かけたフランシスは、またプランドームに帰ると、今度は、二〇歳になってから自分がイギリス貴族の跡取りだと知るアメリカの若者の話『T・ティンバロン』を書きはじめた。モデルになったひとりは、彼女が世話した甥のアーチーで、小説の主人公同様、そのころタイプライターのセールスマンをやっていた（図4）。その後、冬は温暖なバーミューダで、夏はプランドームのバラに囲まれて、フランシスは執筆活動を続けた。バーミューダからも、フランシスは手紙でヴィヴィアンに庭仕事の計画を話し、種を買ったり準備をしたりすることを命じており、かなり大がかりな庭園を自らの手でつくっていたようである（図5）。

　一九一三年から翌年にかけて、フランシスは最後のヨーロッパ旅行に出かけ、オーストリアをはじめて自動車で走った。このころ、フランシスには作品の映画化についての打診が多くよせられていた。はじめのうちすべて断っていた彼女も、旅行先でアメリカ映画のプロモーションフィルムを目にし、このメディアがいかに世界中に広まっていくかを悟り、その可能性を感じて許可を出すようになった。いまはのこっていないが、おとな向けの小説のいくつかは映画化されている（図6、図7）。

図4　『T・ティンバロン』表紙

図5　ウィンスロー・ホーマー描くバーミューダの風景

図6　『小公子』の映画評

図7　『上流階級の女性』映画のポスター

ウィーンには、キティたちホール姉妹といっしょに滞在したが、疲れていたフランシスは美術館にはいかなかった。だが、お土産にもらったヴァン・タイクの描いた**ループレヒト・フォン・デア・プファルツ王子**の肖像画の絵葉書が、彼女の心をとらえた（図8）。彼女には見れば見るほど、その王子の顔がライオネルに似て見えたのだ。この肖像画と、エリナー・カルホーンにきいたセルビア王国の歴史の話が強い印象をのこし、フランシスの心のなかに、最後の児童文学作品**『消えた王子』**のストーリーが生まれた（図9）。エリナーはイギリスで『上流階級の女性』の主役クロリンダを演じた女優である。

この旅行中、フランシスはスティーブンが肺炎で亡くなったというニュースをきいた。とくにそれについての感想はのこされていない。パリからニューヨークに帰ったのが、一九一四年。フランシスの三三回目にして最後の大西洋横断であった。

最後の日々

それからフランシスは、バーミューダとロング・アイランドを往復して日々をすごした。最後の長編は、**『クーム家の首長』**とその続編**『ロビン』**であるが、これらは冗長で筆力の弱まりを感じさせる（図10）。そのうえ、

ループレヒト・フォン・デア・プファルツ王子
一四八一—一五〇四。プファルツ選帝侯フィリップの息子。

図8　ルーベンス描くループレヒト・フォン・デア・プファルツ王子の肖像

『消えた王子』
The Lost Prince. 1915.

図9　『消えた王子』表紙

すでに世の中は、ヴィクトリア朝文学の時代をすぎていた。ヴァージニア・ウルフが次々と実験的な小説を世に問い、フランシスの、どちらかというとディケンズ的な、大衆小説風のものは流行らなくなっていた。

ヴィヴィアンが三八歳で**コンスタンス・ビュエル**という二一歳の女性と結婚し、ふたりの娘を授かったのは、フランシスにとってもよろこばしいできごとで、彼女はふたりの孫娘を溺愛した。

うまくいかなかったのが、甥のアーチーの結婚であった。アーチーはアニーという娘と結婚し、一文無しのふたりにフランシスは多額の小切手を送り、家を建てるよう準備をしてやった。そしてその家のなかには、アーチーの母である妹イーディスの居場所があるようにとりはからったのだ。ところがイーディスとアニーという姑と嫁はあまりうまくいかず、イーディスは追いだされたかたちとなった。これを怒ったフランシスは、アニーをひどくののしるようなことばを並べた手紙を書いた。アニーとその姉は、名誉棄損だとしてフランシスを裁判でうったえた。最初は個人的な手紙でのやりとりだということで、うったえは棄却されたのだが、二度目の裁判でフランシスは名誉棄損罪とされ、これは彼女にとって手痛いショックになってのこった。

生涯、人を幸せにするためにペンを執るのだといって、夢と願望成就の世界を描いてきたフランシスは、思わぬところで自分が書いたものが、人を傷つけ自分を傷つける結果となったのにかなり気を落としたようだ。

『クーム家の首長』
The Head of the House of Coombe. 1922.

図10　『クーム家の首長』表紙

『ロビン』
Robin. 1922.

コンスタンス・ビュエル
コンスタンスは出版社で仕事をしていた女性で、のちにフランシスの子ども向けの伝記 *Happy Ever After* を著する。

図11　メアリー・ピックフォード、エロル夫人とセドリックの二役を演じる

フランシスが最後に公的な場に出たのは、『小公子』の映画の試写会がおこなわれた場であった。女優メアリー・ピックフォードが母のエロル夫人と息子のセドリックを一人二役で演じた白黒の無声映画である（図11）。この映画は、当時最高の映像技術を駆使して二重写しを使い、エロル夫人とセドリックがキスする場面を可能にした。『小公子』のように黒と白がはっきりした話は、こういったモノクロ映画によくあい、映画としてはとてもよくできたものである。しかしなんといってもニ四歳のふっくらし

た女優が少年を演じることの無理は、舞台よりさらに際立つものがあり、その点がおそらくフランシスとしても気に入らなかったのではないだろうか（図12）。その後、児童文学の古典の仲間入りをすることになった『小公子』、『小公女』、『秘密の花園』は、何度もくりかえし映画化された（図13）。二〇二〇年、新しい『秘密の花園』がイギリスで制作され、公開されるはずだったものの、世界中に広がった新型コロナウィルスの影響で一般公開は見送られたままである。

一九二四年一〇月二九日、プランドームの自宅で、フランシスは亡くなった。ニューヨーク・タイムズにのった死亡報告記事は、すでに彼女が『小公子』の作者としてしか世間に認識されなくなっていたことを示していた。炭鉱で働く女性をとりあげた『ロウリー家の娘』も、男装の美少女が殺人を犯す『上流階級の女性』も、ドメスティック・バイオレンスに苦しむアメリカ人妻と、勇敢で行動的なその妹の話である『杼《ひ》』も、ふれられてはいなかった。

フランシスは生涯を通じて「語る人」であり「あたえる人」だった。彼女はいつもよりよい未来を信じ、理想的な明日を夢見ており、それを物語のかたちで提供しようとしていた。しかし現実は何度も彼女の楽天性を裏切った。いまも読まれている彼女の子ども向けの三作品からは、想像もつかないよう

図12　メアリー・ピックフォードの『小公子』映画ポスター

図13　シャーリー・テンプルがセーラを演じた映画『小公女』

な社会問題をあつかったり、人間の暗い闇を垣間見せたりするようなところのある小説は、おとなのために書かれており、まるでフランシスは人生の光と闇をふたつのジャンルにふりわけて書いたようにも思われる。だが、よくよく読んでみればフランシスの子どものための小説も、けっして明るい光に満ちているわけではない（図14）。

図14　フランシスの写真。1895年、ワシントンにて

登場人物がすべて幸せになる『小公子』のなかで、たったひとり、偽りと罪を着せられて放逐されるにせの母親ミナは、スパニッシュともジプシーとも疑われる「他者」であるし、『小公女』でロンドン中の貧しい子どもたちを救うには「インド中の富を使っても無理だ」、ということばがなんのためらいもなく発せられる。『秘密の花園』では、もとのステイタスに返り咲くのは領主の息子のコリンだけで、居候のメアリーと労働者のディッコンの姿は結末から消えている。

イギリス人でありかつアメリカ人であったように、おとなのための作家でもあり子どものための作家でもあり、フランシス・ホジソン・バーネットはその境界上の人である。一九世紀の小説家でありつつ二〇世紀の作家でもあり、結婚制度においても、女性のキャリアという点においても、新しくて古く、古くて新しい、端境の女性であったといえるのではないだろうか。

おわりに　そしてシリーズのあとがきにかえて

フランシス・ホジソン・バーネットとの出会いは、小学生のころだった。『秘密の花園』はいまも名作との評判が高いが、じつは子どものころの私はこの話が好きではなかった。出てくる子どもが、とくにコリンが嫌いだったからだ。わがまま放題で、自分勝手で、病気が治ってからも性格は治っていない。『小公女』ももうひとつ好きではなかった。セーラが癇癪をおこして大事な人形のエミリーを投げつけたりするからだ。だが、そういった子ども心に引っかかったところは、あとあとひどく重要な点として、研究者になった私のまえにクローズアップされてきた。『小公子』のなかの、にせの跡継ぎを名乗りでるミナが、真っ黒な長い髪を三つ編みにして頭に巻きつけた、ジプシーのように美しく激しい女性だったことも、異様に印象的だったが、それも意味深かったことがわかった。

あまり好きではないといいながら、博士論文のテーマに選んでしまったのだから、惹きつけられていたことはたしかである。フランシス・ホジソン・バーネットのおとな向けの小説は、大英図書館でせっせと読んだ。しかしそのとき、彼女の人生自体には、あまり興味がなかった。もっぱら作品世界は作品だけで考えたかったということがある。だから、今回、彼女の人生をたどりなおして、改めておどろくことが多かった。

なんの元手もなく、ほんとうにペン一本で稼ぎだした収入で莫大な財産を築いた女性だった。しかもちゃんとした教育を受けたわけではなく、教養のある文化的な家庭に生まれたわけでもなかった。けっして望んでしたわけではない結婚に二度も失敗し、息子たちを溺愛しながら離れて暮らしつづけた。ひとりの息子を亡くしたトラウマは、死ぬまで癒えることがなく彼女を苦しめつづけた。亡くなる数年まえまで、ひとところに落ちつくことができない性格で、ロンドンにもワシントンにも家をもちながら、いつもどこかほかのところに理想の場所を求めていた。どこをとっても普通の女性の一生とはちがいすぎる。

現在、フランシス・ホジソン・バーネットのおとな向けの小説は、ペーパーバックで再販されたり、注付きのものが出ては絶版になったり、という状況である（翻訳はない）。彼女の小説は、はっきりいって現在おもしろいといって読めるようなものではない。感傷的だし、冗長だし、ご都合主義だし、型にはまりすぎている。とはいえ、たとえば自分を脅すもと恋人を殺してしまい、その死体を地下室に隠してのうのうと幸せになるクロリンダの物語『上流階級の女性』は、この時代にはありえないようなヒロインを描いていて興味深いし、結婚した相手のイギリス人貴族からひどく暴力を受けるアメリカ人女性を描いた『杼《ひ》』は、ドメスティック・バイオレンスのひとつの典型として、再読をうながすかもしれない。書かれた当時の歴史や文化を再考するための作品としては、なかなか魅力的である。

そして、彼女の特異な人生と、おとな向けの小説群、それらも考慮にいれたうえで、彼女の児童文学作品を読むと、それらが子どものための物語と共有しているものも見えてくる――かもしれない。

＊＊＊

このシリーズでは、写真家ジュリア・マーガレット・キャメロン、庭園家ガートルード・ジーキル、そして小説家フランシス・ホジソン・バーネットをとりあげ、女性が公の場で働くものではないとされたヴィクトリア朝のイギリスで、例外的に、また先駆的に、「キャリア」を極めた女性の生涯を追った。しかし実際に執筆してみると、現在でいうような女性のキャリアとは、まったくちがう仕事概念、芸術観、金銭感覚が次々に現れてきて、問題の複雑さと多面性が浮かびあがった。

だがいっぽうでこの三人のあいだに、意図しないつながりが見えてきた。どうやらこの女性三人は、私のもつ無意識の糸でつながれていたらしい。それだけではなく、たしかに、彼女たちが同じ時代を共有し接点をもっていたことの証拠はいくつもあがってきた。

キャメロンが一八一五年生まれ、ジーキルが一八四三年、バーネットは一八四九年生まれであるから後者のふたりはキャメロンの娘くらいの年齢といえる。三人のうちキャメロンとジーキルは、暮らした場所がかなり近い。キャメロンが生まれたのはインドで、夫の退職を機に、イギリスにもどり、ワイト島に長く暮らした。写真家としてすごしたのはこのワイト島の日々である。ジーキルはサリー州を愛し、イギリス南部にずっと住んでいたが子どものころ、ワイト島で夏をすごしたこともある（そのころは、まだキャメロンは島にはいないが）。

ふたりともこの時代の芸術家たちとは公的にも私的にもつながりが深く、ラファエル前派の画家たちや、アーツ・アンド・クラフツ運動にもかかわっていて、しかも南イングランドに同時期に住んでいたのだから、どこかで顔を合わせていた可能性もないわけではない。画家のフレデリック・ウォッツや植物画を描いた旅行家のマリアンヌ・ノースはふたりとそれぞれに親しい仲であった。

バーネットにかんしては、キャメロンとジーキルに出会った可能性はほぼないように思われる。彼女はマンチェスターで生まれ、一五歳のとき、母と兄弟姉妹とともにアメリカのテネシーに移住しているからだ。だが彼女は一時期、イギリスのメイサム・ホールという屋敷を借りて住んでいた。彼女がこの屋敷を返却し、アメリカにもどったあと、この屋敷を改修したのはなんと建築家のエドウィン・ラッチェンスとガートルード・ジーキルなのである。バラ園を愛し、自ら庭づくりをおこなっていたバーネットはジーキルと間接的に「庭」を介してかかわっていたといえる。

ただ、バーネットとキャメロンにはさすがにそういったかかわりはない。

バーネットが幼いころから愛読した作家にサッカレーがいる。彼はインドのカルカッタ生まれでキャメロン家とはつきあいがあった。バーネットはたんにサッカレーを愛読しただけではない。『小公女』に出てくる登場人物は、『虚栄の市』に出てくる名前を借りているし、サッカレーの生いたち自体が、小公女セーラとその父のインドとのかかわりを強く思いおこさせる。また、キャメロンも、インドで生まれフランスでお嬢さま教育を受け、インドの高級官僚と結婚し、セイロンの大土地所有者の妻となってイギリスに帰国するという、セーラや『秘密の花園』のメアリーに似た境遇の人なのであった。

キャメロンはまさにバーネットの作品の主人公になれるような人物だった。そして、キャメロンとバーネットのあいだにある時代の差は、ちょうどこのようなインド生まれの少女が実在であることから物語の装置になるまでの距離だと考えられる。

美術・植物・庭・インド生まれのヒロインといったキーワードで、三人が結ばれていることがわかるだろう。これらは私がいままでの文学研究のなかで、とくに関心をもってとりあげてきたキーワードである。恣意的に見えてこの三人を選択したことは、私にとっては非常に意味深いものだったことが確認できたと思う。

いっぽう、三人には明らかなちがいもあった。キャメロンとジーキルは上層中流階級、バーネットは商人あがりの中流階級出身であり、それはなによりも彼女らのキャリア観に大きなちがいをもたらしている。

キャメロンは、自分も夫も一代さかのぼると貴族階級であり、暮らしぶりや経済観念は上流階級的であった。キャメロンは写真においてプロを目指したが、それは写真で生計を立てるという目的であったわけではなく、絵画などの芸術作品と同等のものとしてあつかわれ、芸術作品としての価値を認められるという意味であった。

だから彼女のキャリアというのは、芸術家となることを目指すものだ。そして芸術家というのは、現代の概念とはちがい、美において神の意志を顕在化するために切磋琢磨する存在であった。だからジュリア・マーガレット・キャメロンにとってのキャリアとは、経済的自立の手段でもなく思想的独立のつてでもなく、ましてや自己表現のためでもなく、献身的に神に仕えることを目指し、それを写真術という技術において美の追求に極めることであった。

かたやジーキルは、父の代から働かなくても食べていける階級だった。ジーキルはもちろん報酬を受けとっており、自分の家の定見で育てた花の苗や種、切り花も売りに出していた。だが、彼女が母と自分のために計画した家マンステッド・ハウスも、そのとなりに建てた自分の生涯の住処マンステッド・ウッドも自分で働いたお金で建てたというわけではない。技術的にも非常に優れており、引きも切らず造園の相談や注文を受けていたにもかかわらず、ジーキルの意識はつねにレディ・アマチュアのものであった。だから彼女にとって、キャリアというのは、自分の好きなことを好きなだけひたすら極めるということだったのだ。

しかしバーネットの場合はまったくちがう。バーネットは商人の娘でありほかのふたりよりも階級的には下位にある。父親の死後、移住したアメリカで生活を支えるため、バーネットはさまざまなことをしてお金を得ねばならなかった。才能をいかして稼げる方法は、短編小説を売ることだった。はじめて雑誌に投稿したとき彼女は、添える手紙にはっきりと書いた。「私の目的は報酬です」。

バーネットのキャリアとは、お金をもうけ豊かな生活をするための経済的活動であり、三人の女性のなかでは彼女のみが、自立し、周囲の人々をも経済的に支えるために、自らの才能を使って苦闘した女性だったといえる。しかしお金もうけのための文学作品はいつしか文学史の（男性中心的といってもいい）正典、つまり芸術からははずされていく。

女性のキャリアを語るとき、現代においては結婚や家事、子育てとの両立の可否が深刻に問題である。このことを三人にあてはめてみるのも時代が透けて見えて興味深い。キャメロンは、献身的な妻であり高級官僚の理想的なパートナーとして、また六人の子どもの母としてのつとめをはたしたあとで、写真をはじめた。いっぽう、ジーキルは生涯独身であり、通常女性におとずれる結婚・出産・育児・家事というできごととは無縁で、それによってキャリアが中断したり断絶したりすることはまったくなかった。バーネットは現代的にいうならば、共働きだった。夫スワンは医師であり、息子はふたり。仕事との両立はむずかしく、家族と離れて暮らすことが多く、ついには離婚している。しかも、まもなく彼女がスキャンダラスな再婚をしたため話題をよんだ。経済的には自立しておりながら家庭には恵まれず、この再婚も不幸におわる。

彼女たちのそれぞれの生き方は、時代の型にはまった女性の一生というのが、ただの平均値でありイメージであり、つくりあげられた理想であることを物語っている。個々の人の人生が多様であり、ひとことでは語れない混沌であることを教えてくれる。キャリアというひとこともそうだ。仕事をもつ女性のあり方は、さまざまに背景に影響されるし、またその人それぞれというしかない。ただ、三人が三人とも、自分たちではおそらく意識せずに、後世の女性たちにキャリアの道を示してくれた。女性写真家はキャメロンに続き、ジーキルの仕事のあと、女性向けのガーデニング・スクールが次々ひらかれた。筆をもって自活する女性作家の存在は古くからあったが、とくに児童文学の分野においてバーネットの地位はゆるぎないものとなる。

彼女たちのまえにも、あいだにも、あとにも、このような働く女性たちはさまざまなかたちで存在し、私はただそこから三人を拾いあげただけだ。その人たちの生き方は、二百年の時空をつないでいまにいたる。私たちもそこから、いろいろな方向へ未来を見よう。きっと思いがけない出会いや思いがけない関係が、生きることをより豊かにしてくれるだろう。

参考文献一覧

・Burnett, Vivian. *The Romantick Lady. Scribner*, 1927.

・Carpenter, Angelica Shirley ed., *In the Garden: Essays in Honor of Frances Hodgson Burnett*. Scarecrow Press, 2006.

・Gerzina, Gretchen Holbrook. *Frances Hodgson Burnett: The Unexpected Life of the Author of The Secret Garden*. Rutgers Univ Pr, 2004.

・Thwaite, Ann. *Waiting for the Party: The Life of Frances Hodgson Burnett, Author of "The Secret Garden"*. Faber and Faber, 1994.

・Thwaite, Ann. *Beyond the Secret Garden: The Life of Frances Hodgson Burnett*. Duckworth, 2020.

・ニュー・ファンタジーの会『夢の狩り人　Frances H. Burnett の世界』透土社　一九九四

・フランシス・ホジソン・バーネット『バーネット自伝　わたしの一番よく知っている子ども』三宅興子、松下宏子編・訳　翰林書房　二〇一三

・フランシス・バーネット『白い人びと　ほか短篇とエッセー』中村妙子訳　みすず書房　二〇一三

・フランシス・ホジソン・バーネット『小公子』脇明子訳　岩波書店　二〇一一

・フランシス・ホジソン・バーネット『小公女』脇明子訳　岩波書店　二〇一二

・バーネット『秘密の花園』上・下　山内玲子訳　岩波書店　二〇〇五

・フランシス・ホジソン・バーネット『消えた王子』上・下　中村妙子訳　岩波書店　二〇一〇

索引

・索引の用語は、人名、書名、地名、その他重要な事項を中心に選定した。
・補足・省略等は（　）で付記した。
・くわしい記述のあるページのみとりあげた。

[あ]

[か]

[さ]

[た]

[な]

略年譜

西暦	年齢	場所	バーネットをとりまくできごと
1849	0	イギリス	11月24日、フランシス・ホジソン、マンチェスター、チータムヒル、ヨークストリートで誕生
1852	3	イギリス	チータムヒル、セント・ルークス・テラスに引っ越し
1853	3	イギリス	父エドウィン死去
1854	5	イギリス	ペンドルトン、シードリー・グローブに引っ越し
1855	6	イギリス	サルフォード、イスリントン・スクエアに引っ越し
1864	15	イギリス	コールトン・オン・メドロック、ゴア・ストリートに引っ越し
1865	16	イギリス、カナダ	5月、モラヴィアン号でカナダへ
		アメリカ	テネシー州ニューマーケットに移住
1866	17	アメリカ	テネシー州ノックスヴィル郊外に引っ越し、「ノアの箱舟」に住む
1868	18	アメリカ	6月と10月に、はじめての短編が2本「ゴーディズ・レディーズ・ブック」に掲載される
1869	19	アメリカ	テネシー州ノックスヴィルに引っ越し、「ヴァガボンディア」に住む
1870	20	アメリカ	母イライザ死去
1872	22	アメリカ	ニューヨークへ出る
1872	23	イギリス	15か月のあいだおもにマンチェスターに滞在
1873	24	アメリカ	9月、スワン・バーネットと結婚。ニューマーケットに住む
1874	25	アメリカ	9月、長男ライオネル誕生
1875	26	フランス	スワンとともにパリへ
1876	27	アメリカ	次男ヴィヴィアン誕生。マンチェスター訪問、アメリカに帰る
1877	28	アメリカ	ワシントン、Iストリートに引っ越し、ボストン訪問、ニューポート訪問、カナダ訪問
1880	31	アメリカ	カナダからニューイングランドを経由して帰宅、コネティカット州ハートフォード「ヌーク農場」へ

西暦	年齢	場所	バーネットをとりまくできごと
1881	32	アメリカ	夏をロング・アイランドですごす
1882	33	アメリカ	夏をマサチューセッツ湾、リンですごす
1884	35	アメリカ	ボストンに滞在
1885	36	アメリカ	ワシントンに帰り、夏はまたボストンですごす
1886	37	アメリカ	ワシントン、Kストリートに引っ越し、またボストンへ
1887	38	イギリス	ウェイマス・ストリートに住む。夏はサフォークの農場へ、パリ、フィレンツェ訪問
		フランス、イタリア	パリ、フィレンツェ訪問
1888	39	イギリス	ロンドンにもどりリージェント・パークに住む。ケント州の農場へ
		アメリカ	ボストン、ニューヨーク経由でワシントンへ帰る
1889	40	アメリカ	ワシントン、マサチューセッツ・アベニューに引っ越し
		イギリス	ロンドン、レクサム・ガーデンズに住む。夏にはサリー州へ。ロンドンへもどる
		フランス、イタリア	フレンチ・リヴィエラ、ローマへ
1890	41	イタリア、アメリカ	ローマからアトランティック・シティ、フィラデルフィアへ。ライオネル病気にかかる
		ドイツ、フランス、イギリス	ライオネルを連れ療養のため、ゲベルスドルフ、マリエンバード、パリへ、ライオネル死去
1891	42	フランス、イタリア、イギリス	カンヌ、サンレモ、ロンドン、サウスポートへ
1892	43	アメリカ	ワシントン、マサチューセッツ・アベニューへ帰る。スワンプスコットへ
1893	44	イギリス	ハンプトン・コートの「グレイド」、ロンドン、ポートランド・プレイスに住む
		アメリカ	ワシントンに帰る
1894	45	イギリス	ロンドン、ポートランド・プレイスにいき、帰る
1895	46	イギリス	ロンドン、ポートランド・プレイス、夏はブルームズフィールドですごす

西暦	年齢	場所	バーネットをとりまくできごと
1896	47	アメリカ	秋にアメリカに帰る
1897	48	アメリカ	マサチューセッツ・アベニュー、ニューヨークにいく
1898	49	イギリス	スワン・バーネットと離婚。マンチェスター、ロンドン、ケント州の「メイサム・ホール」に住む
1899	50	イギリス、アメリカ	メイサム・ホールから秋にワシントンへ帰る
1900	51	イタリア	ジェノヴァでスティーブン・タウンゼントと結婚
		イギリス	夏にメイサム・ホールへ、冬はロンドン、チャールズ・ストリートへ
1901	52	ベルギー、オランダ	春にメイサム・ホール、秋にはベルギーとオランダへいき、アメリカに帰る
1902	53	アメリカ	フィッシュキル・オン・ハドソン、イースト・ハンプトンへ
1903	54	アメリカ	ニューヨーク、イースト・ハンプトンへ
1904	55	アメリカ	ニューヨーク、ノース・キャロライナ州へ
		イタリア	イタリアからメイサム・ホール、ニューヨークに帰る
1905	56	イギリス、アメリカ	夏にメイサム・ホールへ、秋にニューヨークへ帰る
1906	57	アメリカ	ニューヨーク、ワシントン
		イギリス	イギリスへいきメイサム・ホール、モントルーへ
1907	58	アメリカ	メイサム・ホール。アメリカに帰り、ロング・アイランドのサンズ・ポイントへ
1908	59	ドイツ	フランクフルト、イギリスのタヴィストック、ニューヨークへ帰る
1909	60	アメリカ	ニューヨーク、ロング・アイランドのプランドームに住む
1910	61	イギリス、アメリカ	春にロンドンへいくが、ニューヨークにもどる
1911	62	アメリカ	バーミューダ、ロング・アイランドを行き来
1912	63	アメリカ	バーミューダ、ロング・アイランドを行き来
			バーミューダですごす

西暦	年齢	場所	バーネットをとりまくできごと
1913	64	イタリア、オーストリア	トリエステ、オーストリア、ウィーンへ
1914	65	オーストリア	ザルツブルク、ローテンブルグ、パリ、ニューヨークに帰る。33回目にして最後の航海
1915	66	アメリカ	プランドーム、ハドソン湾のニューウィンザー
1916	67	アメリカ	バーミューダ、ロング・アイランドを行き来
1917	68	アメリカ	プランドーム、ハドソン湾のニューウィンザー、ニューヨーク
1918	69	アメリカ	プランドーム、カナダのノヴァスコシア訪問。ロング・アイランド、プランドーム
1919	70	アメリカ	バーミューダ、ロング・アイランドを行き来
1920	71	アメリカ	バーミューダ、ロング・アイランドを行き来
1921	72	アメリカ	プランドームですごす
1924	74	アメリカ	10月29日、プランドームにて死去

戯曲一覧

タイトル	共作者	初演上演場所	年月日
That Lass o' Lowrie's	Julian Magnus	Booth Theater, Broadway, New York	1878, 11/28
Esmeralda (as Young Folk's Ways)	William Gillette	Madison Square Theater, New York	1881, 10/26
		St.James Theatre, London	1883, 10/29
The Real Little Lord Fauntleroy		Terry's Theatre, London	1888, 5/14
		Broadway Theater, New York	1888, 12/11
Phyllis (from The Fortunes of Philippa Fairfax)		Globe Theatre, London	1889, 7/1
Nixie (from Editha's Burglar)	Stephen Townsend	Terry's Theatre, London	1890, 4/7
The Showman's Daughter	Stephen Townsend	Royalty Theatre, London	1892, 1/6
The First Gentleman of Europe	Constance Fletcher	Lyceum Theater, New York	1897, 1/25
A Lady of Quarity	Stephen Townsend	Wallack Theater, New York	1897, 11/1
		Comedy Teatre, London	1899, 3/8
A Little Princess (originaly A Little Unfairy Princess)		Shaftesbury Theatre, London	1902, 12/20
		CriterionTheater, New York	1903, 1/14
The Pretty Sister of José		Duke of York's Theatre, London	1903, 11/16
That Man and I (from The DeWilloghby Claim)		Empire Theater, New York	1903, 11/10
		Savoy Theatre, London	1904, 1/25
Dawn of a Tomorrow		Lyceum Theater, New York	1909, 1/28
		Garrick Theatre, London	1910, 5/13
Racketty Packetty House		Children's Theater, New York	1912, 12/23

著作一覧

タイトル (長編小説と短編集として出版されたものに限る。雑誌連載は基本的に出版の前年)	ニューヨーク (そのほかの場合は地名を示す) での出版	ロンドンでの出版	邦訳
That Lass o' Lowrie's	Scribner, 1877	Warne, 1877	
Surly Tim, and Other Stories	Scribner, 1877	Ward Lock,1877	
	Robertsons (Toronto), 1877		
Theo, A Sprightly Love Story	Peterson (Philadelphia), 1877	Ward Lock, 1877	
	Scribner, 1879	Warne, 1877	
Dolly	Porter & Coastes (Philadelphia), 1877	Routledge, 1877	
retitled as *Vagabondia*	Scribner, 1883		
	Osgood (Boston), 1884		
Pretty Polly Pemberton	Peterson (Philadelphia), 1877	Routledge, 1878	
Earlier Stories (First Series) "Lindsay's Luck," etc	Scribner, 1878	Routledge, 1879	
Kathleen	Peterson (Philadelphia), 1878	Routledge, 1878	
Earlier Stories (Second Series) "Kathleen Mavourneen" and "Pretty Polly Pemberton"	Scribner, 1878	Chatto, 1879	
Miss Crespigny	Peterson (Philadelphia), 1878	Routledge, 1878	
	Scribner, 1879		
The Tide on the Moaning Bar, [with] A Quiet Life	Peterson (Philadelphia), 1878	Routledge, 1879	
Our Neighbour Opposite		Routledge, 1878	
Jarl's Daughter and Other Stories and Other Novelettes	Peterson (Philadelphia), 1879		
(adding "Miss Vernon's Choice")	Peterson (Philadelphia), 1882		
Natalie and Other Stories		Warne, 1879	
Haworth's	Scribner, 1879	Macmillan, 1879	
Louisiana	Scribner, 1880	Macmillan, 1880	
		(with *That Lass o' Lowrie's*)	

タイトル（長編小説と短編集として出版されたものに限る。雑誌連載は基本的に出版の前年）	ニューヨーク（そのほかの場合は地名を示す）での出版	ロンドンでの出版	邦訳
A Fair Barbarian	Osgood (Boston), 1881	Warne, 1881	
Through One Administration	Osgood (Boston), 1883	Warne, 1883	
Little Lord Fauntleroy	Scribner, 1886	Warne, 1886	『小公子』
A Woman's Will or Miss Defarge	Lippincot, 1888	Warne, 1887	
	(in J. Habberton's *Brueton's Bayou*)		
Sara Crewe	Scribner, 1888	Fisher Unwin, 1887	
Editha's Burglar	Jordan Marsh (Boston), 1888		
Sara Crewe and Editha's Burglar (in one volume)		Warne, 1888	
The Fortunes of Philippa Fairfax		Warne, 1888	
The Pretty Sister of José	Scribner, 1889	Spencer Blackett, 1889	
Little Saint Elizabeth and Other Stories	Scribner, 1890	Warne, 1890	
Children I Have Known (English title)	Scribner, 1892	J.R. Osgood, Macmillan & Co., 1892	
Giovanni and the Other (u.s)	Scribner, 1892	Warne	
The Drury Lane Boy's Club	Moon Press (Washington), 1892		
The One I Knew the Best of All	Scribner, 1893	Warne, 1893	『バーネット自伝 わたしの一番よく知っている子ども』
The Captain's Youngest (England)		Scribner, 1894	
Piccino and Other Child Stories (u.s.)	Scribner, 1894	Warne, 1894	
Two Little Pilgrim's Progress	Scribner, 1895	Warne, 1895	
A Lady of Quality	Scribner, 1896	Warne, 1896	
His Grace of Osmonde	Scribner, 1897	Warne, 1897	
In Connection with the De Willoughby Claim	Scribner, 1899	Warne, 1899	
The Making of a Marchioness	Stokes, 1901	Smith, Elder & Co, 1901	

タイトル（長編小説と短編集として出版されたものに限る。雑誌連載は基本的に出版の前年）	ニューヨーク（そのほかの場合は地名を示す）での出版	ロンドンでの出版	邦訳
The Methods of Lady Walderhurst	Stokes, 1901	Smith, Elder & Co, 1902	
In the Closed Room	McClure, 1905	Hodder, 1904	
A Little Princess	Scribner, 1905	Warne, 1905	『小公女』
The Dawn of a Tomorrow	Scribner, 1906	Warne, 1907	
The Troubles of Queen Silver-Bell	Century, 1906	Warne, 1907	
Racketty Packetty House	Century, 1906	Warne, 1907	
The Cozy Lion	Century, 1907	Tom Stacey, 1972	
The Spring Cleaning	Century, 1908	Tom Stacey, 1973	
The Shuttle	Stokes, 1907	Heinemann, 1907	
The Good Wolf	Moffat, 1908		
Barty Crusoe and His Man Saturday	Moffatt, 1909		
The Land of The Blue Flower	Moffatt, 1909	Putnam, 1912	
The Secret Garden	Stokes, 1911	Heinemann, 1911	『秘密の花園』
My Robin	Stokes, 1912	Putnam, 1913	
T. Tembarom	Stokes, 1913	Hodder & Stoughton, 1913	
The Lost Prince	Century, 1915	Hodder & Stoughton, 1915	『消えた王子』
The White People	Harper, 1917	Heinemann, 1920	『白い人びと』
Little Hunchback Zia	Stokes, 1916	Heinemann, 1916	
The Head of the House of Coombe	Stokes, 1922	Heinemann, 1922	
Robin	Stokes, 1922	Heinemann, 1922	
In the Garden	Medici Society, 1925		

川端有子（かわばた・ありこ）
京都市生まれ。関西学院大学大学院博士過程後期満期退学。英国ローハンプトン大学にてPhD取得。日本女子大学家政学部児童学科教授。専門は英語圏の児童文学、イギリス文化。著書に「ヴィクトリア朝の女性キャリア」シリーズ、『児童文学の教科書』（以上、玉川大学出版部）、『少女小説から世界が見える』（河出書房新社）、共著に『子どもの本と〈食〉』『映画になった児童文学』（以上、玉川大学出版部）、『「時」から読み解く世界児童文学事典』（原書房）など。共訳書に『絵本の力学』『絵本の絵を読む』（以上、玉川大学出版部）など。

装丁：中浜小織（annes studio）　協力：三嶽 一（Felix）
編集・制作：株式会社本作り空Sola　https://solabook.com

ヴィクトリア朝《ちょう》の女性《じょせい》キャリア
小説家《しょうせつか》 フランシス・ホジソン・バーネット

2021年6月15日　初版第1刷発行

著　者———川端有子
発行者———小原芳明
発行所———玉川大学出版部
〒194-8610　東京都町田市玉川学園 6-1-1
TEL 042-739-8935　FAX 042-739-8940
http://www.tamagawa.jp/up/
振替：00180-7-26665

印刷・製本——港北出版印刷株式会社

ISBN978-4-472-40570-9　C0023 / NDC936